세계 문학 단편선

봄볕 아래에서

일러두기

· 외국어의 한글 표기는 외래어표기법을 원칙으로 하였으나, 일부는 독자의 이해를 고려해 조정하였습니다.
· 본문에 있는 주석은 모두 옮긴이의 주석입니다.

세계 문학 단편선

봄볕 아래에서

다정한책

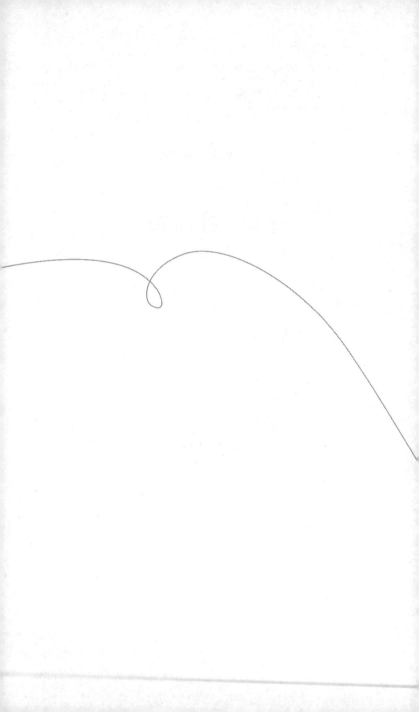

차례

봄날

Au Printemps

기 드 모파상(Guy de Maupassant, 1850~1893)

프랑스 노르망디 출신, 사실주의와 자연주의를 대표하는 작가다. 《여자의 일생》, 《비곗
덩어리》 등 일상 속 인간의 욕망과 위선을 예리하게 포착한 작품으로 널리 알려져 있다.
간결하면서도 힘 있는 문체와 날카로운 통찰은 현대 단편문학의 흐름을 제시했다. 짧은
생애 동안 300편이 넘는 작품을 남기며 프랑스 문단에 깊은 영향을 끼쳤다.

—

따뜻한 날들이 찾아오고, 땅이 다시 깨어나 푸르러지며, 봄 내음 가득한 공기가 우리를 감싸 가슴속 깊이 스며들 때, 마음 깊은 곳까지 퍼져나가는 듯한 순간이 온다. 그 순간, 막연한 행복에 대한 갈망이 인다. 어디론가 달려가고 싶고, 무작정 길을 나서고 싶고, 새로운 모험을 찾아 떠나고 싶고, 봄을 온몸으로 마시고 싶어진다.

지난겨울이 유난히 혹독했기에, 5월이 오자 봄의 기운이 마치 취기처럼 강렬하게 나를 휘감았고, 넘쳐흐르는 수액처럼 내 안에서 솟구쳤다.

어느 아침, 잠에서 깨어 창밖을 바라보니, 이웃집 지붕 너머로 푸른 하늘이 햇빛에 환하게 빛나며 펼쳐져 있었다. 창가에 매달린 카나리아가 지저귀고, 층마다 가정부들은 노래를 흥얼거렸으며, 거리에서는 들뜬 소음이 흘러나왔다. 마치 축제가 열린 듯한 분위기에 이끌려, 나는 목적지도 없이 집을 나섰다.

거리에서 마주친 사람들은 모두 미소를 띠고 있었다. 따스한 봄빛 속에서 행복이 가득 번지는 듯했고, 도시 위로 사랑의 기운이 부드러운 바람처럼 퍼져나가는 듯했다. 외출복 차림의 젊은 여성들은 눈빛에 감춰진 다정한 기운을 띠고 있었고, 걸음걸이는 한층 더 우아했다. 그 모습들이 내 마음을 설레게 했다.

어떻게, 왜 그곳으로 향했는지는 모르겠지만, 나는 어느새 센강 가에 도착해 있었다. 쉬렌으로 향하는 증기선들이 강 위를 미끄러지듯 지나갔고, 갑자기 나도 숲속을 향해 달려가고 싶은 강렬한 충동이 일었다. 바토무슈*에는 많은 사람들이 붐볐다. 봄의 첫 햇살은 마치 강한 손길처럼 사람들을 집 밖으로 이끌어내었고, 모두가 분주히 오가며 이웃과 이야기를 나누고 있었다.

내 옆에도 누군가 있었다. 아마도 파리 특유의 세련된 매력을 지닌 작은 노동자일 것이다. 그녀는 상냥한 태도를 지닌 귀여운 금발의 여인이었다. 관자놀이를 따라 곱슬곱슬한 머리칼이 단정하게 말려 있었고, 빛이 결을 이룬 듯한 금발이 귓가를 타고 흘러내려 목덜미까지 닿아 있었다. 바람이 불 때면 머리칼이 살짝살짝 춤을 추었고, 아래로 내려갈수록 점점 가늘어져 거의 보이지 않을 정도였다. 그러나 그곳

---

* **바토무슈** 파리 센강의 대표적인 유람선. 강 위에서 에펠 탑, 루브르 박물관, 노트르담 대성당 등 주요 명소를 감상할 수 있다.

에는 차마 억누를 수 없는 충동이 서려 있었다. 수없이 입맞춤을 퍼붓고 싶은, 저항할 수 없는 욕망이.

내가 눈을 떼지 못하고 바라보자, 그녀는 고개를 돌려 나를 보았다. 그러다 황급히 시선을 내리깔았다. 그 순간, 입가 한쪽이 살짝 움푹 들어가며 막 피어날 듯한 미소가 번졌다. 그 미세한 움직임이 만들어낸 실크처럼 부드러운, 옅은 빛깔의 가느다란 솜털이 햇살을 받아 은은하게 빛났다.

잔잔한 강물이 넓게 펼쳐져 있었다. 공기에는 포근한 평온함이 감돌았고, 생명의 속삭임 같은 미묘한 웅성거림이 공간을 가득 채웠다. 그녀는 다시 나를 바라보았다. 이번에는 내가 계속 응시하자, 수줍은 듯하지만 분명한 미소를 지었다. 그 순간, 그녀는 단순히 귀여운 여인이 아니었다. 그녀의 시선 속에는 내가 이제껏 알지 못했던 세계가 펼쳐졌다. 그 눈빛 속에는 끝없는 다정함이, 우리가 꿈꾸는 모든 시적 순간이, 그리고 끊임없이 찾아 헤매던 행복이 고스란히 담겨 있었다. 그리고 나는 미친 듯이 두 팔을 벌려 그녀를 어디론가 데려가, 사랑의 속삭임을 부드러운 음악처럼 그녀의 귀에 속삭이고 싶었다.

입을 열어 그녀에게 말을 걸려던 순간, 누군가 내 어깨를 툭 쳤다. 깜짝 놀라 뒤돌아보니, 평범한 인상의 남자가 슬픈 눈빛으로 나를 바라보고 있었다.

"당신에게 드릴 말씀이 있어요." 그가 말했다.

나는 본능적으로 얼굴을 찡그렸다. 그가 이를 눈치챘는지 말을 덧붙였다.

"중요한 이야기입니다."

마지못해 자리에서 일어나 그를 따라 배의 반대편 끝으로 갔다.

그는 차분한 목소리로 말을 이었다. "겨울이 오면, 날씨가 추워지고 비와 눈이 내릴 때, 의사들은 매일같이 조언하지요. '발을 따뜻하게 유지하세요. 감기, 기관지염, 늑막염을 조심하세요.' 그러면 사람들은 온갖 대비를 합니다. 플란넬 속옷을 입고, 두꺼운 외투를 걸치고, 따뜻한 신발을 신지요. 하지만 그런데도 두 달 동안 침대에 앓아눕는 일이 다반사입니다. 그런데 봄이 찾아오면 어떻습니까? 나뭇잎이 돋고 꽃이 피며, 따뜻한 바람이 불어오고, 들판의 향기가 퍼지며, 알 수 없는 감상과 설렘이 밀려옵니다. 그때, 누군가 이렇게 경고하는 것을 들어본 적 있습니까? '조심하세요, 사랑이 도처에 도사리고 있습니다! 사방에서 당신을 노리고 있습니다! 온갖 계략이 숨겨져 있고, 모든 무기가 날카롭게 벼려져 있으며, 교묘한 함정이 준비되어 있습니다! 조심하세요.'

사랑이 당신을 덮치려 합니다! 감기나 기관지염, 늑막염보다 훨씬 더 위험합니다! 사랑은 결코 용서하지 않으며, 누구에게나 돌이킬 수 없는 어리석은 실수를 저지르게 만듭니다."

그는 잠시 숨을 고르더니 힘주어 말했다. "그렇습니다, 선생님. 저는 해마다 정부가 이런 경고문을 벽에 걸어야 한다고 생각합니다. '봄이 돌아왔습니다. 여러분, 사랑을 조심하십시오.' 마치 벽에 '페인트 조심'이라고 써놓듯이 말입니다. 그런데 정부가 하지 않으니, 제가 대신 경고하는 것입니다."

그는 나를 똑바로 바라보며 단호하게 덧붙였다.

"조심하세요, 사랑이 당신을 덮치려 합니다. 지금 당신은 사랑에 빠지려 하고 있어요. 저는 그것을 막아야 합니다. 러시아에서는 추운 겨울날, 행인의 코가 얼어붙는 것을 보면 누군가가 경고해줍니다. 저 역시 같은 의무를 느낍니다."

나는 그를 멍하니 바라보며 어리둥절한 기분이 들었다. 그리고 최대한 점잖은 표정을 지으며 말했다. "그런데, 선생님. 지금 남의 일에 지나치게 간섭하고 계신 것 같은데요."

그가 갑자기 몸을 움찔하더니 격앙된 목소리로 외쳤다. "오, 선생님! 선생님! 만약 어떤 사람이 위험한 물가에서 익사하려 한다면, 그를 그대로 내버려둬야 합니까? 들어보십시오. 제 이야기를 들으시면, 왜 제가 이런 말을 하는지 이해하게 될 겁니다."

*

그 일이 있었던 것은 작년, 마침 이맘때였습니다.

먼저 말씀드리자면, 저는 해군부에서 근무하는 공무원입니다. 그런데 제 상사들은 자기 직책을 대단히 중요하게 여기시는지, 우리를 마치 갑판 선원처럼 대하곤 하십니다. 가끔은 그분들이 너그러웠으면 얼마나 좋을까 하고 생각해보기도 합니다만, 어디까지나 제 사적인 바람일 뿐이지요.

제 사무실 작은 창밖으로는 파란 하늘이 보였고, 그 속을 제비들이 자유롭게 날아다녔습니다. 그런 날이면 책상 위에 쌓인 서류를 모두 치워버리고, 한바탕 춤이라도 추고 싶은 기분이 들곤 했습니다. 자유를 향한 갈망이 점점 커져만 갔습니다. 그러다 결국, 오랜 고민 끝에 이제는 더 미룰 수 없겠다 싶어, 조심스럽게 상사께 휴가를 청하러 갔습니다.

상사는 늘 화가 난 듯한 표정을 하고 있는 키가 작은 사내였습니다. 저는 몸이 좋지 않은 척하며 조퇴하고 싶다고 말했습니다. 그러자 그는 제 얼굴을 유심히 들여다보더니 소리를 버럭 질렀습니다. "내가 자네 말을 믿을 것 같나? 아무튼 알았으니 어서 가보게! 도대체 이런 직원들로 어떻게 사무실이 돌아간단 말인가?"

저는 이미 밖으로 도망치듯 빠져나왔습니다. 센강에 도착하니, 오늘처럼 날씨가 화창했습니다. 저는 바토무슈를 타고 생클루로 가기로 했습니다.

아, 선생님! 제 상사가 휴가를 거절했더라면 얼마나 좋았겠습니까!

햇빛을 받자 온몸이 부풀어 오르는 듯한 기분이 들었습니다. 세상이 온통 아름다워 보였습니다. 배도, 강도, 나무도, 집도, 주변을 오가는 사람들까지도. 모든 것이 사랑스러웠습니다. 무언가를 끌어안고 싶었습니다. 무엇이든. 바로 그것이 사랑의 함정이었습니다.

갑자기 트로카데로에서 한 젊은 여성이 작은 꾸러미를 들고 배에 올라타더니, 제 맞은편에 자리를 잡았습니다.

그녀는 예뻤습니다. 선생님, 봄날이 되면 여인들이 유난히 더 아름다워 보인다는 사실을 아십니까? 따스한 날씨 아래서 여인들은 더욱 매혹적으로 보이고, 뭔가 특별한 분위기를 풍깁니다. 마치 치즈를 먹고 난 뒤에 마시는 와인처럼 말입니다.

저는 그녀를 바라보았고, 그녀도 저를 보았습니다. 물론 아주 잠깐씩, 마치 방금 전 선생님의 그녀처럼 말입니다. 결국, 그렇게 서로를 바라보다 보니 우리는 이미 충분히 안면이 트인 것 같았습니다. 그래서 저는 그녀에게 말을 걸었습니다. 그녀도 대답했습니다.

그녀는 너무나도 사랑스러웠습니다. 그녀에게 완전히 취하고 말았습니다, 선생님.

생클루에 도착하자 그녀는 배에서 내렸고, 저는 자연스럽게 그녀를 따라갔습니다. 그녀는 어디론가 물건을 배달하러 가는 길이었습니다. 그런데 그녀가 일을 마치고 나왔을 때는 배가 이미 떠난 뒤였습니다.

그녀 옆을 나란히 걸었습니다. 부드러운 봄바람이 불어오자, 우리 둘은 가벼운 숨을 저절로 내쉬었습니다.

"숲속에 가면 참 좋겠습니다." 제가 말했습니다. "오, 그래요!" 그녀가 대답했습니다. "그럼 같이 가 보시겠습니까, 아가씨?" 그녀가 날카로운 눈길로 저를 쓱 훑어보는 게, 제가 믿을 만한 사람인지 가늠하는 듯했습니다. 그러고는 잠시 망설이다가 마침내 고개를 끄덕였습니다. 그렇게 우리는 나란히 숲속으로 걸어 들어갔습니다. 연한 잎사귀가 막 돋아난 나뭇가지 아래, 풀은 싱그럽고 윤기가 흐르며 햇살에 반짝이고 있었습니다. 풀숲 사이에는 사랑을 나누는 작은 벌레들이 가득했고, 사방에서 새들이 지저귀는 소리가 들려왔습니다. 그때, 그녀가 갑자기 뛰기 시작했습니다. 맑은 공기와 자연의 향기에 취한 듯, 마치 어린아이처럼 들판을 가로질러 뛰놀았습니다. 저 역시 그녀를 따라 달렸습니다. 그래요, 우리는 때때로 어리석어질 때가 있었습니다.

그녀는 온갖 노래를 열정적으로 불렀습니다. 오페라 아리아부터 〈뮤제트의 노래〉까지! 〈뮤제트의 노래〉! 그 순간, 그녀가 어찌나 분위기 있어 보이던지… 저는 거의 눈물을 흘릴 뻔했습니다.

아, 선생님, 이런 온갖 감상적인 헛소리들은 우리를 미치게 만들 뿐입니다. 시골에서 노래를 부르는 여자는 절대 가까이하지 마십시오. 특히, 그녀가 〈뮤제트의 노래〉를 부른다면 더욱 조심해야 합니다.

얼마 지나지 않아 그녀는 지쳐서 푸른 언덕에 앉았고, 저는 그녀의 발치에 자리를 잡았습니다. 그리고 그녀의 손을 잡았습니다. 바늘 자국이 여기저기 박힌 작은 손. 그것이 나를 한없이 감동시켰습니다. 저는 속으로 중얼거렸습니다.

'이것이야말로 신성한 노동의 흔적이로군.' 그러나 선생님. 정말 그럴까요? 신성한 노동의 흔적이라는 것이 무엇을 의미하는지 아십니까? 그것은 곧 공방에서 오가는 온갖 잡담과 음담패설, 불순한 이야기로 더럽혀진 마음, 잃어버린 순결, 쓸데없는 수다와 따분한 일상 속에 갇힌 사고방식을 뜻합니다. 바로 그런 정신적 편협함이, 노동의 흔적을 손끝에 새긴 여인 속에 고스란히 자리 잡고 있는 것입니다.

그렇게 우리는 한동안 서로의 눈을 들여다보았습니다. 아, 여인의 눈! 그것이 지닌 힘이란 얼마나 강력한가! 그것은 남자의 마음을 어지럽히고, 휘어잡으며, 지배합니다. 그것은 깊고, 약속으로 가득 차 있으며, 끝없는 가능성을 품고 있는 듯 보입니다. 사람들은 그것을 '영혼을 들여다본다'고 말하지요.

하지만, 선생님, 터무니없는 말입니다. 우리가 정말로 서로의 영혼을 들여다볼 수 있다면, 우리는 훨씬 더 현명해졌을 것입니다. 어쨌든, 저는 이성을 잃고 완전히 빠져들고 말았습니다. 미쳤던 것이지요.

저는 그녀를 끌어안으려 했습니다. 하지만 그녀는 단호하게 말했습니다. "손 치워요!" 그러자 저는 그녀 곁에 무릎을 꿇고, 가슴속에 가득 찬 애정을 쏟아냈습니다. 제 안에서 터질 듯 부풀어 오른 감정을 그녀 앞에 모조리 쏟아부었습니다. 그녀는 제 태도 변화를 보고 놀란 듯 보였고, 저를 곁눈질로 바라보며 마치 이렇게 생각하는 것 같았습니다.

'아, 결국 이렇게 되는군요. 그래요, 좋아요. 우리 어디 한번 만나 보자고요.'

선생님, 사랑에 있어 남자들은 항상 순진한 바보들이고, 여자들은 계산적이죠.

저는 분명 그녀를 가질 수도 있었을 것입니다. 나중에야 제 어리석음을 깨달았지만, 그때 제가 찾았던 것은 단순한 육체가 아니었습니다. 제가 원했던 것은 다정함이었고, 그 이상이었죠. 감상에 빠져 시간을 허비한 셈이었습니다.

그녀는 제 고백을 충분히 듣고 난 뒤 자리에서 일어섰고, 우리는 다시 생클루로 돌아왔습니다. 파리까지 그녀와 함께 걸었습니다. 돌아오는 내내 그녀가 몹시 우울해 보였기에 이유를 물었습니다. 그러자 그녀는 이렇게 대답했습니다.

"인생에서 오늘 같은 날들을 많이 누리지 못할 거라는 생각이 들어서요."

그 말을 듣자 제 심장은 터질 듯이 요동쳤습니다.

그녀를 다시 만난 것은 그다음 일요일이었고, 또 그다음 일요일에도, 그렇게 매주 일요일마다 만났습니다. 저는 그녀를 부지발, 생제르맹, 메종라피트, 푸아시 등 파리 근교 연인들이 어울리는 곳이라면 어디든 데려갔습니다.

그 작고 교활한 여자는 이번엔 오히려 저에게 열정적인 사랑을 연기해 보였습니다. 저는 마침내 완전히 이성을 잃었고, 석 달 후 그녀와 결혼했습니다.

어쩌겠습니까, 선생님. 저는 외톨이 직장인이었고, 가족도, 조언을 해줄 사람도 없었습니다. 그저 한 여인과 함께라면 인생이 더 다정하고 따뜻해질 것 같다는 생각이 들었을 뿐입니다. 그래서 결혼했습니다, 그 여인과.

그러고 나서 무슨 일이 벌어졌을까요?

그녀는 저를 미치게 만들었습니다. 그 여자는 아침부터 밤까지 끊임없이 저에게 욕설을 퍼붓고, 아무것도 모르면서 수다를 떨었으며, 〈뮤제트의 노래〉를 목청껏 불러댔습니다. 〈뮤제트의 노래〉! 얼마나 진절머리가 나는지!

석탄 상인에게 험담을 하고, 관리인에게 집안의 내밀한 일을 이야기하며, 이웃집 하녀에게 침실의 비밀까지 털어놓았습니다. 거래하는 상점에서는 남편을 헐뜯기까지 했지요.

그녀의 머릿속은 너무나 어리석은 이야기들로, 너무나 바보 같은 믿음들로, 너무나 기괴한 견해들로, 너무나 놀라운 편견들로 가득 차 있었습니다.

저는 절망에 빠져 눈물이 나올 지경이었습니다.

*

그는 숨을 조금 헐떡이더니, 감정이 깊이 북받친 듯 조용히 입을 다물었다.

나는 그를 바라보았다. 어리석고 순진한 이 불쌍한 사내에게 묘한 연민이 들었다. 뭐라도 대답하려는 찰나, 배가 멈춰 섰다. 생클루에 도착한 것이다.

그 순간, 나를 흔들어 놓았던 그 작은 여인이 자리에서 일어나 배에서 내리려 했다. 그녀는 내 곁을 스치며 곁눈질로 슬쩍 나를 바라보았다. 그리고 짧은 미소를 남겼다. 그 미소! 사람을 미치게 만드는, 아찔한, 위험한 그 미소! 그리고 그녀는 경쾌하게 부두 위로 뛰어내렸다. 나는 반사적으로 몸을 앞으로 던졌다. 그녀를 따라가려는 순간이었다.

하지만 바로 그때, 그가 내 소매를 움켜잡았다. 나는 거칠게 팔을 뿌리쳤다. 그러자 이번에는 내 코트 자락을 붙잡고는 강하게 뒤로 잡아당겼다. "안 돼! 가지 마시오! 가지 마시오!" 그는 너무도 큰 소리로 외쳤고, 배 안의 모든 사람들이 우리를 쳐다보았다. 순식간에 배 안에 웃음이 터졌다. 사람들은 키득거렸고, 나는 그 자리에 굳어버렸다. 분노로 속이 끓어올랐지만, 그 상황을 더 웃음거리로 만들고 싶지 않았다.

그렇게 배는 다시 출발했다.

부두에 남아 있던 그 작은 여인은 실망한 듯한 표정으로 나를 바라보았다. 점점 멀어지는 나를, 배 위에서 꼼짝 못하고 있는 나를. 그 순간, 내 '훼방꾼'이 옆에서 손을 비비며 속삭였다.

"선생님, 내가 당신을 구한 셈입니다."

봄 한 접시

Springtime À La Carte

오 헨리(O. Henry, 1862~1910)

미국 노스캐롤라이나 출신. 반전 결말과 따뜻한 인간애를 그린 작품으로 널리 사랑받는
단편소설 작가다. 《마지막 잎새》, 《크리스마스 선물》 등에서 평범한 인물들의 삶을 유쾌
하고 감동적으로 그렸으며, '오. 헨리식 반전'으로 현대 단편문학의 전형을 세웠다. 짧은
생애에도 불구하고 수백 편의 작품을 남겼다.

—

3월의 어느 날이었다.

소설을 쓴다면 절대 이런 식으로 글을 시작해서는 안 된
다. 이보다 더 형편없는 도입부는 없을 것이다. 상상력 없이
밋밋하고, 건조하며, 바람처럼 흩어지는 공허한 문장일 뿐
이다. 하지만 이번만큼은 예외로 하자. 왜냐하면, 원래 첫
문장이 될 뻔한 다음 문장은 독자 앞에 그대로 내놓기에는
너무나도 터무니없고, 어처구니없기 때문이다.

사라는 메뉴판을 앞에 놓고 울고 있었다.

뉴욕에서 한 여자가 식당 메뉴를 보고 눈물을 흘리다니!

이 상황을 이해하려면 몇 가지 추측이 필요하다. 혹시 랍
스터가 다 떨어졌을까? 아니면 사순절이라 아이스크림을 끊
기로 맹세한 걸까? 양파 요리를 시킨 걸까? 아니면 해킷 극
장 낮 공연을 보고 온 직후일까? 그런데 이 모든 가정이 틀
렸다면, 이제부터 들려줄 이야기에 귀 기울여주길 바란다.

세상을 굴에 비유하며, 칼을 휘둘러 이를 열겠다고 선언
한 신사는 생각보다 과분한 찬사를 받았다. 굴을 칼로 여는

건 어려운 일이 아니다. 하지만 누군가 타자기로 이 단단한 세상의 껍데기를 열려고 하는 모습을 본 적이 있는가? 그렇게 해서 굴 한 접시가 까지는 걸 기다릴 수 있겠는가?

사라는 서툰 무기로 단단한 껍데기를 간신히 비틀어 열었다. 겨우 한입 베어 물 만큼만. 그녀의 속기 실력은 이제 막 속기 학원을 졸업한 신입 속기사보다 나을 게 없었다. 그러다 보니 그녀는 실력자들만 자리하는 사무직의 세계에 발을 들일 수 없었다. 그래서 그녀는 프리랜서 타자수로 이곳저곳을 떠돌며 닥치는 대로 일거리를 찾아 생계를 이어갔다.

사라가 세상과 벌인 가장 빛나는 전투는 슐렌버그의 '홈 레스토랑'과 맺은 계약이었다. 그 식당은 그녀가 세 들어 사는 오래된 붉은 벽돌 건물 바로 옆에 있었다. 어느 날 저녁, 사라는 레스토랑에서 다섯 가지 코스 요리가 매우 빠르게 나오는 40센트짜리 정식을 먹었다. 식사를 마친 사라는 메뉴가 적힌 종이 한 장을 들고나왔다. 종이에는 영어인지 독일어인지조차 분간하기 어려울 정도로 갈겨쓴 글씨로 메뉴가 적혀 있었다. 글씨가 워낙 엉망이라 신경 써서 보지 않으면, 이쑤시개와 쌀푸딩으로 시작해 수프와 요일로 끝나는 묘한 구성처럼 보일 지경이었다.

다음 날, 사라는 깔끔하게 타이핑된 메뉴판을 슐렌버그에게 내밀었다. '전채 요리'에서 시작해 '외투와 우산을 꼭 챙기세요'까지 정확한 순서대로 정리되어 있었고, 보기 좋게 배열되어 있었다. 슐렌버그는 마치 새 세상에 발을 들인 사람처럼 감격했다. 그리고 사라는 그 순간을 놓치지 않고 흔쾌히 계약을 성사시켰다. 그녀는 매일 저녁 식사를 위한 새 메뉴판을 만들고, 음식이 바뀌거나 청결을 위해 필요할 때마다 아침과 점심 메뉴판도 새롭게 작성해 주기로 했다.

이에 대한 대가로 슐렌버그는 하루 세끼 식사를 사라의 방까지 배달해 주기로 했다. 가능하면 친절한 웨이터를 통해서. 그리고 매일 오후에는 다음 날의 메뉴 초안을 연필로 적어 건네주기로 했다.

이 계약은 모두에게 만족스러웠다. 슐렌버그의 손님들은 여전히 음식의 맛과 정체를 헷갈릴 때도 있었지만, 적어도 자신이 먹는 음식이 뭐라 불리는지는 알 수 있게 되었다. 그리고 사라는 춥고 지루한 겨울을 버틸 끼니를 손에 넣었다. 그녀에게 가장 중요한 건 바로 그것이었다.

달력은 거짓말을 했다. 봄이 왔다고 했다.

그러나 봄은 제때 오는 법이 없다. 아직도 얼어붙은 1월의 눈이 도심의 가로수를 따라 녹지 않은 채 남아 있었고, 손풍금 연주자들은 여전히 〈그 시절의 여름날〉을 12월의 활기와 감성을 담아 연주하고 있었다. 사람들은 부활절 드레스를 사기 위해 한 달짜리 어음을 끊었고, 건물 관리인은 난방을 꺼 버렸다. 이런 일들이 벌어졌지만, 도시는 여전히 겨울의 손아귀에 있었다.

어느 오후, 사라는 그녀의 아늑한 방에서 떨고 있었다. '난방 완비, 깔끔한 환경, 편의 시설 갖춤, 직접 보면 더욱 좋음'이라는 광고 문구가 무색하게 방 안은 싸늘했다. 그녀가 할 일이라곤 슐렌버그의 메뉴를 타자로 치는 것뿐이었다. 사라는 삐걱거리는 등나무 의자에 앉아 창밖을 내다보았다.

벽에 걸린 달력이 그녀에게 속삭였다.

"봄이야, 사라. 봄이 왔다니까. 나를 봐, 숫자가 보여주잖아. 너도 봄처럼 산뜻한 모습인데, 왜 그렇게 슬픈 얼굴로 창밖을 보는 거야?"

사라의 방은 건물 뒤쪽에 있었고, 창밖으로 보이는 것은 맞은편 거리의 창문 없는 박스 공장 벽뿐이었다. 하지만 그녀가 바라보는 것은 그 벽이 아니라, 투명한 크리스털이었다. 그녀의 시선이 닿은 곳에는 푸른 잔디가 덮인 골목길이 펼쳐져 있었다. 벚나무와 느릅나무가 그늘을 드리우고, 길가에는 산딸기 덤불과 체로키 장미가 피어 있었다.

진짜 봄의 전조는 너무나도 미묘하여, 눈으로 보거나 귀로 듣기 어렵다. 어떤 이들은 크로커스 꽃이 피어나고, 층층나무가 별처럼 빛나며, 파랑새가 지저귀는 순간 비로소 봄을 알아챈다. 물러가는 메밀과 굴의 작별 인사 같은 뚜렷한 신호를 보고서야 초록 옷의 여신을 맞이할 준비를 하는 이들도 있다. 그러나 대지가 특별히 아끼는 이들에게는, 봄이 곧장 다가와 달콤하게 속삭인다. 네가 원하지 않는 한, 너를 외면하지 않는다고.

지난여름, 사라는 시골에 갔다가 한 농부와 사랑에 빠졌다.(이야기에서 이렇게 과거로 돌아가는 방식은 좋은 글쓰기라 할 수 없다. 흐름을 끊고 독자의 관심을 떨어뜨릴 뿐이다. 이야기는 멈추지 말고 앞으로 나아가야 한다.)

사라는 써니브룩 농장에서 보름을 머물렀다. 그곳에서 그녀는 농부 프랭클린 씨의 아들, 월터를 사랑하게 되었다. 어떤 농부들은 이보다 더 짧은 시간 안에 사랑에 빠지고, 결혼하고, 다시 농장으로 돌아갔을 것이다. 그러나 젊은 월터 프랭클린은 현대적인 농업인이었다. 그는 외양간에 전화기를 설치해 두었고, 캐나다의 밀 수확량이 달이 기울 때 심은 감자에 어떤 영향을 미칠지까지 정확히 계산할 줄 알았다.

월터는 산딸기가 우거진 그늘진 오솔길에서 사라에게 사랑을 고백했고, 그녀는 그의 마음을 받아들였다. 두 사람은 함께 앉아 사라의 머리에 얹을 민들레 화관을 엮었다. 월터는 노란 민들레가 그녀의 갈색 머리칼과 얼마나 아름답게 어우러지는지 한없이 찬사를 보냈다. 사라는 화관을 머리에 그대로 두고, 밀짚모자를 손에 들고 가볍게 흔들며 집으로 돌아갔다.

그들은 봄이 오자마자 결혼하기로 약속했다. 월터가 그렇게 말했기 때문이다. 그리고 사라는 다시 도시로 돌아와 타자기를 두드렸다.

그 행복한 날을 꿈꾸던 사라는 문 두드리는 소리에 깨어났다. 식당 웨이터가 슐렌버그의 '홈 레스토랑'에서 보내온 다음 날 메뉴 초안을 가지고 온 것이었다. 슐렌버그의 거친 필체도 이제는 익숙했다.

사라는 타자기 앞에 앉아 롤러 사이에 메뉴 카드를 끼웠다. 그녀는 손이 빨랐다. 보통 한 시간 반이면 스물한 개의 메뉴 카드를 모두 완성할 수 있었다.

그날은 평소보다 메뉴에 변화가 많았다. 수프는 더 가벼워졌고, 돼지고기는 전채 요리에서 빠지고 러시아 순무가 곁들여진 구이 요리로만 남았다. 봄의 기운이 온 메뉴에 가득했다.

초록 언덕에서 뛰놀던 어린 양은 이제 특제 소스를 곁들인 요리로 변했고, 굴은 여전히 메뉴에 남아 있었으나, 봄을 맞아 점점 사라지는 분위기였다. 프라이팬은 한쪽으로 밀려나고, 석쇠가 주방의 주인 자리를 차지했다.

파이 메뉴는 더욱 풍성해졌고, 묵직한 푸딩들은 자취를 감췄다. 소시지는 마지막 자존심을 지키듯 메밀 팬케이크와 단풍 시럽 옆에서 조용히 명을 다하고 있었다.

사라의 손가락은 여름 냇가 위에서 춤추는 작은 요정들처럼 가볍게 움직였다. 메뉴의 길이에 맞춰 단어를 정렬하는 그녀의 눈은 정확했다. 디저트 바로 위에는 채소 메뉴가 있었다. 당근과 완두콩, 토스트 위에 올린 아스파라거스, 늘 등장하는 토마토와 옥수수, 수카토시, 리마콩, 양배추 그리고 그다음….

사라는 메뉴를 보며 눈물을 흘렸다. 어디선가 밀려오는 깊은 슬픔이 그녀의 가슴속에서 차올랐다. 눈물방울이 그녀의 눈가에 맺혔다. 사라는 타자기 스탠드 위에 얼굴을 묻고 흐느꼈다.

타자기는 그녀의 흐느낌에 맞춰 메마른 반주처럼 덜컹이

며 울렸다.

그녀는 월터에게서 보름째 편지를 받지 못했다.

그런데 그다음 메뉴가 '민들레'였다. 달걀을 곁들인 민들레 요리. 하지만 달걀은 중요하지 않았다. 월터가 그녀의 머리에 씌워주었던 노란 민들레였다. 그들이 함께한 가장 행복한 순간의 상징이었다. 봄을 알리는 꽃이자, 이제는 그녀의 슬픔을 더욱 깊게 만드는 꽃.

당신이라면 이 순간 미소를 지을 수 있을까?

하지만 봄은 놀라운 마법을 지니고 있다. 차갑고 거대한 돌과 철의 도시에도 봄은 반드시 전할 메시지가 있었다. 그 메시지를 전할 이는 거친 초록 외투와 온화한 공기로 덮인 들판에서 온 작은 전령뿐이었다. 그의 이름은 민들레. 프랑스 요리사들이 사자의 이빨이라고도 부르는 민들레다.

사랑이 시작될 때, 그는 여인의 머리 위에서 빛나는 화관이 된다. 그리고 아직 꽃을 피우지 않은 연둣빛 싹일 때, 그는 팔팔 끓는 냄비 안으로 들어가 봄의 소식을 전한다.

사라는 눈물을 삼키고 다시 타자기를 두드렸다. 메뉴 카드를 끝내야 했다. 그러나 여전히 민들레의 노란 빛이 가슴속을 맴돌았다. 그녀의 손은 멍하니 타자기 키를 어루만졌다. 마음과 생각은 여전히 초록빛 들길에서 젊은 농부와 함께 걷고 있었다.

하지만 곧, 뉴욕의 현실이 그녀를 붙잡았다. 타자기는 다시 경쾌한 소리를 내며, 맨해튼의 차가운 길 위를 달리는 자동차처럼 덜컹이며 움직이기 시작했다.

오후 여섯 시, 웨이터가 저녁을 가져오고, 타자로 완성된 메뉴 카드를 가져갔다. 사라는 식탁에 앉아 한숨을 쉬며 달걀과 함께 나온 민들레 접시를 한쪽으로 밀어 두었다. 한때 그녀의 사랑과 함께했던 꽃이, 이제는 그저 평범한 채소 요리가 되어버렸다. 셰익스피어가 말했듯 사랑은 사랑을 먹고 자란다지만, 사라는 자신의 첫사랑을 장식했던 그 민들레를 차마 먹을 수 없었다.

일곱 시 반이 되자, 옆방의 부부가 말다툼을 시작했다. 위층에서는 남자가 플루트로 A음을 찾고 있었고, 가스등이 조금씩 흐려졌다. 석탄 마차 세 대가 짐을 쏟아냈고, 그 요란한 소리는 축음기조차 질투할 만큼 컸다. 뒤편 울타리 위에 있던 고양이들은 어딘가로 천천히 물러갔다. 이 모든 신호를 보고, 사라는 책을 읽을 시간이 되었음을 알았다. 그녀는 이달의 '가장 안 팔린 명작' 《수도원과 화덕》을 꺼내 들었다. 책을 여행가방 위에 올린 채 주인공 제러드와 함께 또 다른 세상으로 걸음을 옮겼다.

　현관 초인종이 울렸다. 집주인이 문을 열었다. 사라는 곰에 쫓겨 나무 위로 올라간 제러드와 데니스를 놔두고 귀를 기울였다. 그녀도 당신처럼 궁금하지 않았겠는가?

　그 순간, 아래쪽 복도에서 낯익은 굵은 목소리가 들려왔다. 사라는 책을 바닥에 내팽개친 채 곧장 문을 열고 달려나갔다.

　당신도 이미 짐작했겠지만, 사라는 계단 끝에 서 있었고 바로 그때, 젊은 농부가 계단을 세 걸음에 뛰어 올라와 그녀를 힘껏 끌어안았다. 그에게 남은 건 온전히 그녀뿐이었다.

　"왜 편지를 보내지 않았어요, 왜?"

　사라가 울면서 물었다.

　"뉴욕은 정말 넓은 도시군요." 월터 프랭클린이 말했다. "일주일 전에 당신의 예전 주소로 찾아갔어요. 당신이 목요일에 떠났다고 하더군요. 그나마 다행이라고 생각했어요. 적어도 불길한 금요일은 피했으니까요. 하지만 그 뒤로 계속 경찰까지 동원해서 당신을 찾아다녔어요!"

　"난 편지를 보냈단 말이에요!"

　사라는 격앙된 목소리로 말했다.

　"편지는 오지 않았어요."

"그럼 어떻게 날 찾았어요?"

젊은 농부는 봄 햇살 같은 미소를 지으며 대답했다.

"오늘 저녁에 옆 건물에 있는 '홈 레스토랑'에 갔었어요. 꼭 알 필요 없는 얘기지만, 난 이맘때쯤이면 채소요리 한 접시가 먹고 싶어지더라고요. 그래서 타자기로 잘 찍어 낸 메뉴판을 훑어보았어요. 양배추 아래에까지 이르자, 의자에서 벌떡 일어나 주인을 불렀답니다. 그리고 당신이 여기에 산다는 걸 알게 되었어요."

"기억나요. 양배추 아래에 민들레가 있었죠."

사라가 행복한 한숨을 내쉬었다.

"난 당신의 타자기가 찍어낸 위로 삐딱하게 올라간 대문자 W를 어디에서든 알아볼 수 있어요."

월터가 말했다.

"아, 하지만 민들레(dandelion)에는 W가 없잖아요?"

사라가 깜짝 놀라며 물었다.

월터는 호주머니에서 메뉴 카드를 꺼내 손가락으로 한 줄을 가리켰다.

사라는 그것이 자신이 그날 오후 처음으로 타자를 친 카드임을 단번에 알아보았다. 오른쪽 위에는 그녀의 눈물방울이 떨어져 남긴 얼룩이 그대로 남아 있었다. 하지만 초원에서 피어나는 그 꽃의 이름이 있어야 할 자리에, 그녀의 손은 그날의 추억에 이끌려 엉뚱한 글자를 두드리고 말았다.

붉은 양배추와 속을 채운 피망 사이에 적혀 있던 문구는 다음과 같았다.

'사랑하는 월터(Walter), 삶은 달걀을 곁들인.'

벗나무와 휘파람

葉桜 と 魔笛

다자이 오사무(だざいおさむ, 1909~1948)

일본 아오모리현 출신. 불안하고 방황 많은 삶을 문학으로 승화시킨 일본 근대문학의 대표 작가다. 《인간 실격》과 《사양》 등 자전적 색채가 짙은 작품을 통해 무너지는 자아와 시대의 불안을 섬세하게 그려냈다. 고백적 서술과 독특한 문체는 여전히 많은 독자의 공감을 얻고 있으며, 비극적인 생애는 그의 작품과 함께 일본 문단에 깊은 흔적을 남겼다.

—

　요즘처럼 벚꽃이 지고, 나무에 새잎이 돋아날 무렵이면 나는 어김없이 그때를 떠올립니다. — 하고 노부인은 말했다. — 지금부터 삼십오 년 전, 아버지는 살아 계셨고, 우리 가족, 가족이라고 해야 어머니는 당시를 기준으로 칠 년 전 내가 열세 살 때 세상을 떠나셔서 아버지와 나, 여동생 이렇게 세 식구뿐이었습니다. 아버지는 내가 열여덟, 여동생이 열여섯일 때 시네마현 서쪽 바닷가에 있는 인구 이만 명 남짓한 성 아래의 자그마한 도시에 중학교 교장으로 부임하셨습니다. 그런데 형편에 맞는 셋집을 구하기 어려워 시내 변두리, 산에 닿을 듯 말 듯 외진 곳에 오도카니 선 절의 별채에 있는 방 두 개를 빌려 거기에서 살게 되었습니다. 아버지는 그곳에서 죽 사시다가 여섯 해째 그 절집에서 멀지 않은 마쓰에의 중학교로 자리를 옮겼습니다.

　내가 결혼한 것은 마쓰에로 이사하고 나서 스물네 살이 되던 가을이었습니다. 당시로서는 꽤 늦은 결혼이었지요. 어머니가 일찍 돌아가신 데다 아버지는 완고한 외고집에 학자 기질이라 세상일에 어두워서 내가 빠져나오면 집안 살림이 영 엉망이 될 게 뻔했습니다. 그렇기 때문에 그때까지 결혼 이야기가 몇 차례 들어왔지만, 우리 집을 나 몰라라 하면서 남의 집에 시집갈 마음이 들지 않았던 것입니다. 게다가 여동생이 튼튼하면 내가 조금이라도 마음이 홀가분할 텐데, 전혀 그렇지 않았습니다. 여동생은 나와 다르게 얼굴이 아주 예쁘고 머리도 긴 데다 무엇이든 척척 잘하는 총명하고 사랑스러운 아이였지만 몸이 허약했습니다. 그래서 아버지가 바닷가의 그 자그마한 도시로 부임한 지 두 해째가 되던 봄에 세상을 떠났습니다. 그때 여동생은 열여덟, 나는 스무살이었지요. 이것은 그 무렵의 이야기입니다.

여동생은 이미 오래전부터 가망이 없었습니다. '신장결핵'이라는 고질병이었는데, 알아차렸을 때는 양쪽 신장이 모두 망가진 상태였습니다. 의사도 아버지 앞에서 백 일을 못 버틸 거라고 단언했습니다. 어떻게 손쓸 방법이 없었던 것이지요.

한 달이 지나고 두 달이 지나서 백 일째가 서서히 다가오는데도 우리는 잠자코 지켜보고 있어야만 했습니다. 여동생은 아무것도 모른 채 하루 종일 누워 지내면서도 밝고 생기 있게 노래를 부르거나, 우스갯소리를 하거나, 내게 어리광을 부리곤 했습니다. 그런 여동생을 보면서 '앞으로 삼십 또는 사십 일이 지나면 이 아이는 죽게 돼. 분명히 그렇게 될 거야.'라고 생각하니 가슴이 미어지고 온몸이 바늘로 쿡쿡 찌르는 듯 아파서 미쳐버릴 것 같았습니다. 그렇게 3월이 가고 4월이 가고 5월이 되었습니다. 5월 중순 무렵, 나는 그날을 결코 잊을 수 없습니다.

들이며 산이며 온통 연둣빛 신록으로 물든 데다 옷을 훌훌 벗어버리고 싶을 만큼 따뜻한 날이었습니다. 신록이 눈부셔 눈이 따끔거리는 가운데 나는 혼자 이런저런 생각을 하면서 기모노 허리춤에 한 손을 살짝 찔러 넣은 채 고개를 숙이고 들길을 걸었습니다. 머릿속에서 꼬리에 꼬리를 물고 떠오르는 생각이 모두 괴로운 것뿐이라 숨조차 제대로 쉴 수 없을 만큼 힘들었습니다. 그런데 어디에선가 둥! 둥! 봄의 땅 깊디깊은 밑바닥, 마치 극락정토에서 울려 나오는 듯 희미하면서도 지옥 한가운데에서 어마어마하게 큰 북을 두드려대는 것처럼 엄청나게 폭이 넓은 무시무시한 소리가 끊임없이 들려왔습니다. 아무리 생각해 보아도 그 공포스러운 소리가 무엇인지 알 수 없었습니다. 뭐가 뭔지 도저히 알 수 없어 내가 정말로 미쳐버린 것은 아닐까 하는 생각이 들었습니다. 나중에는 몸이 그대로 굳은 듯 꼼짝할 수가 없어 나도 모르게 "으악!" 하고 소리를 크게 질렀습니다. 그러고는 더 이상 서 있을 수 없어서 풀밭에 털썩 주저앉아 엉엉 울었습니다.

나중에 알게 된 사실이지만, 그 무섭고 이상한 소리는 러시아와 일본의 해전으로 인한 군함의 대포 소리였습니다. 그러니까 일본 해군의 도고 제독이 러시아의 발트 함대를 단숨에 쳐부수기 위해 일대 격전을 벌이고 있었던 것이지요. 바로 그 무렵이었는데, 그러고 보니 올해도 어김없이 해군 기념일이 슬슬 다가오고 있네요.

아무튼 그 바닷가의 자그마한 도시에도 공포스러운 대포 소리가 요란하게 들려와서 주민들 또한 살아 있어도 살아 있는 기분이 아니었겠지만, 나는 해전이 벌어진 줄도 모른 채 그저 여동생 생각만으로 정신이 반쯤 나가 있었습니다. 그런 상태였기 때문에 무언가 지옥의 북소리 같은 불길한 느낌이 들어서 한참 동안 고개를 들지 못하고 풀밭에 엎드려 계속 울기만 했던 것이지요. 이윽고 해가 저물어 갈 무렵, 나는 몸을 간신히 일으키고는, 죽은 듯 멍한 상태로 절집으로 돌아왔습니다.

그때 "언니." 하고 여동생이 나를 불렀습니다. 그즈음 여동생은 야월 대로 야위고 쇠약해져서, 스스로도 얼마 버티지 못하리라는 사실을 어렴풋이 알아챈 듯 보였습니다. 예전처럼 별것도 아닌 일로 생트집을 잡아 어리광을 부리는 짓도 하지 않아서 나로서는 그 점이 오히려 괴로웠습니다.

"언니, 이 편지, 언제 왔어?"

순간 나는 너무 놀라서 가슴이 철렁 내려앉고 얼굴의 핏기가 싹 가시는 듯한 기분이 들었습니다.

"언제 왔냐고?"

여동생은 별생각 없이 묻는 것 같았습니다. 나는 황급히 마음을 다잡고 대답했습니다.

"조금 전. 네가 잠들었을 때야. 너 웃으면서 자더라. 그래서 네 머리맡에 살짝 놔뒀지. 몰랐어?"

"응, 몰랐어." 여동생은 땅거미가 밀려드는 어둑한 방 안에서 새하얀 얼굴로 아름답게 웃으며 "언니, 나 이 편지 읽어봤어. 그런데 이상해. 내가 모르는 사람이야."라고 말했습니다.

모를 리 없었습니다. 사실은 나도 편지의 발신인인 M·T라는 남자를 알고 있었습니다. 직접 만난 적은 없지만, 확실히 알고 있었지요. 그 대엿새 전, 나는 여동생의 옷장을 살그머니 정리하다가 서랍 맨 안쪽 깊숙한 곳에 초록색 리본으로 단단히 묶어 감춰둔 편지 묶음을 발견했습니다. 그리고 그래서는 안 되는데도 리본을 풀어서 읽어 보고야 말았습니다. 얼추 서른 통쯤 되는 편지는 모두 그 M·T 씨한테서 온 것이었습니다. 그렇기는 하지만 봉투에는 M·T라는 이름이 적혀 있지 않았습니다. 편지지에만 그 이름이 적혀 있었던 것이지요.

실제 봉투에는 봉투마다 발신인으로 서로 다른 여자 이름이 적혀 있었는데, 전부 여동생과 가까웠던 친구들 이름이었습니다. 나도 아버지도 여동생이 이렇게 자주 남자와 편지를 주고받고 있는 줄은 꿈에도 눈치채지 못했습니다.

틀림없이 그 M·T라는 남자는 신중하게도 여동생한테서 친구들 이름을 많이 들어 두었다가 그 이름을 하나씩 하나씩 발신인으로 써서 편지를 보냈을 것입니다. 나는 그랬으리라고 확신하는 한편, 젊은 사람들의 대담함에 속으로 혀를 내두르면서도 엄격한 아버지에게 들키면 어떻게 될까 싶어서 몸서리가 쳐질 만큼 두려웠습니다. 하지만 한 통씩 날짜순으로 읽어나가다 보니, 나조차 왠지 모르게 즐거워서 마음이 들썩들썩한 데다 이따금 너무 생뚱맞은 내용에 혼자 키득키득 웃게도 되었는데, 마지막에 가서는 나 자신에게도 넓고 커다란 세상이 펼쳐지는 것 같은 기분이 들었습니다.

나도 그 무렵은 갓 스무 살이 된 젊디젊은 여자였기 때문에 입 밖에 낼 수 없는 괴로움이 많았습니다. 서른 통 남짓한 편지를 마치 계곡물이 시원스레 흐르는 듯한 느낌으로 쭉 쭉 읽어나가다가 지난해 가을에 받은 마지막 한 통의 편지를 읽던 중 나도 모르게 벌떡 일어서고 말았습니다. 벼락을 맞았을 때의 기분이 그럴지도 모르겠습니다. 몸이 뒤로 휙 젖혀질 만큼 심장이 철렁했으니까요. 여동생의 연애는 마음만 오가는 정도가 아니었습니다. 생각보다 더 꼴사납게 앞으로 나아가고 있었지요. 나는 그 편지를 불태웠습니다. 한 조각도 남기지 않고 불태워버렸지요. M·T는 바닷가 성 아래의 그 자그마한 도시에 사는 가난한 시인인 듯한데, 비겁하게도 병에 걸린 사실을 알자마자 여동생을 버렸던 모양입니다. 편지에도 '이제 서로 잊어버립시다.' 같은 잔혹한 말이 아무렇지 않게 쓰여 있었습니다. 그것뿐, 그 뒤로는 편지 한 통 보내지 않은 상태인 듯해서 나만 평생 입 다물고 있으면, 여동생은 깨끗한 소녀인 채로 세상을 떠날 수 있겠구나 싶어서 나 혼자서만 괴로움을 가슴에 담아두기로 했습니다. 하지만 모든 사실을 알고 나니 여동생이 더욱 애처로워 보였습니다. 나 스스로도 온갖 기괴한 상상이 떠오르는 데다 가슴이 욱신거리는 듯 달고 시큼하면서 언짢고 애달픈 심정이었습니다. 그런 괴로움은 혼기 꽉 찬 여자가 아니면 이해하기 힘든 생지옥 같은 것이겠지요. 마치 나 자신이 그런 쓰라린

처지에 놓인 듯 혼자 괴로워했습니다. 그 무렵의 나는 확실히 정신적으로 조금 이상했습니다.

"언니, 읽어봐. 무슨 말인지 하나도 모르겠어."

나는 여동생이 솔직하지 못한 게 진심으로 미웠습니다.

"읽어도 돼?"

나는 나지막이 물었습니다. 여동생한테서 편지를 받아 든 내 손끝이 당황스러울 정도로 떨고 있었습니다. 굳이 펼쳐서 읽을 것까지도 없었습니다. 편지 내용을 훤히 알고 있었으니까요. 시치미를 떼고 편지를 읽는 것 말고는 달리 방법이 없었습니다. 편지에는 이렇게 쓰여 있었습니다. 나는 대충 훑어보면서 소리내어 편지를 읽었습니다.

― 오늘은 당신에게 사죄의 말씀을 드립니다. 내가 오늘까지 마냥 참으며 당신에게 편지를 드리지 않았던 이유는 오로지 자신이 없었기 때문입니다. 나는 가난하고 무능합니다. 당신 한 사람을 어떻게도 해드릴 수 없습니다. 오직 말로만, 여기에는 손톱만큼도 거짓이 없습니다만, 오직 말로만 당신에 대한 사랑을 증명하는 것밖에는 무엇 하나 할 수 없는 나 자신의 무력함이 너무나 싫습니다. 당신을 하루도, 아니 꿈에도 잊은 적이 없습니다. 하지만 나는 당신을 어떻

게도 해드릴 수 없습니다. 이 점이 괴로워서 당신과 헤어지려고 했던 겁니다. 당신의 불행이 커지면 커질수록, 그리고 당신에 대한 내 애정이 깊어지면 깊어질수록 나는 당신에게 다가가기 힘들어집니다. 이해하실는지요? 나는 결코 사탕발림으로 말하는 게 아닙니다. 나는 내 생각이 정의에 대한 나 자신의 책임감에서 비롯된 거라고 이해했습니다. 하지만 그것은 내 잘못, 나는 확실히 잘못하고 있었습니다. 사죄드립니다. 나는 당신에게 완벽한 사람이 되려고 욕심을 부리고 있었던 것뿐입니다. 우리는 외롭고 무력한 존재니까, 달리 아무것도 할 수 없으니까, 적어도 말만이라도 진심을 담아 전해 드리는 게 진정으로 겸손하면서도 아름다운 삶의 자세라고 나는 이제야 믿고 있습니다. 언제나 나 자신이 할 수 있는 범위에서 그것을 이루어 내도록 노력해야 한다고 생각합니다. 아무리 사소한 것이라도 괜찮습니다. 민들레꽃 한 송이라도 전혀 부끄러워하지 않고 선물로 내미는 것이 가장 용기 있고 남자다운 태도라고 믿습니다. 나는 이제 도망치지 않겠습니다. 나는 당신을 사랑합니다. 매일매일 시를 지어 보내겠습니다. 그리고 매일매일 당신의 집 담장 밖에서 휘파람을 불어 드리겠습니다. 바로 내일 저녁 여섯 시에 휘파람으로 군함 행진곡을 불어 드리지요. 나는 휘파람을 곧

잘 분답니다. 지금 당장은 이것만이 내 힘으로 수월하게 할 수 있는 봉사입니다. 웃으시면 안 됩니다. 아니, 실컷 웃어 주세요. 건강하시고요. 신은 분명 어딘가에서 보고 있습니다. 나는 그것을 믿습니다. 당신도 나도 신의 각별한 사랑을 받고 있습니다. 우리는 틀림없이 아름다운 결혼을 할 수 있습니다.

기다리고 기다려 올해 피었구나 복사꽃

희다고 들었는데 꽃이 붉구나

나는 지금 공부하고 있습니다. 모든 게 순조롭게 진행되고 있습니다. 그럼 또, 내일. M·T.

"언니, 나는 알고 있어." 여동생은 맑은 목소리로 중얼거리듯 말했습니다. "고마워, 언니. 이거 언니가 쓴 거지?"

나는 너무나도 부끄러워서 편지를 갈기갈기 찢고 머리카락을 마구 쥐어뜯어버리고 싶었습니다. '안절부절못한다'라는 말은 그런 심정을 가리키는 것일 테지요. 내가 썼습니다. 괴로워하는 여동생을 계속 지켜볼 수 없었던 나머지, M·T의 필체를 흉내 내어 여동생이 죽는 날까지 앞으로 매일 편지를 쓰기로 하고는 엉성한 와카*도 고심해서 짓고 저녁 여

---

* **와카** 옛 일본의 정형시로, 주로 자연과 사랑, 계절의 감정을 표현했다.

섯 시에 몰래 집 뒤의 담장 밖으로 나가 휘파람을 불어야지 하고 생각했던 것입니다.

아무튼 부끄러웠습니다. 서툰 와카까지 쓰다니, 정말이지 부끄럽기 짝이 없었습니다. 체면이고 뭐고 따질 겨를도 없었고, 곧바로 뭐라고 대답할 수도 없었습니다.

"언니, 걱정 안 해도 돼."

여동생은 신기하게도 차분하게, 숭고할 정도로 아름답게 미소 짓고 있었습니다.

"언니, 그 초록색 리본으로 묶어놓은 편지 다 읽은 거지? 그거 다 거짓이야. 너무나 쓸쓸해 재작년 가을부터 혼자 그런 편지를 써서 내게 부쳤어. 언니, 나를 바보로 여기지 말아 줘. 청춘은 아주아주 소중한 거야. 병에 걸리고 나서 그걸 확실히 깨닫게 됐어. 자기 앞으로 편지를 쓰다니, 얼마나 추레한 짓이야. 나 자신이 한심스러워. 바보 같고. 실제로 남자와 대담하게 사귀었더라면 좋았을 텐데. 누군가 내 몸을 꼭 안아주기를 바랐어. 언니, 나는 지금까지 한 번도 애인은커녕 그 어떤 남자와도 이야기를 나눈 적 없어. 언니도 그럴걸. 언니, 우리는 잘못하고 있는 거야. 너무 영리하게 살고 있다고. 아아, 언니! 죽기 싫어. 내 손이, 손끝이, 머리카락이 가여워. 죽는 게 싫어. 너무나 싫어."

슬퍼서인지 무서워서인지, 기뻐서인지 부끄러워서인지 가슴이 벅차올랐고, 뭐가 뭔지 알 수 없었습니다. 나는 여동생의 야윈 뺨에 내 뺨을 바짝 갖다 댔습니다. 자꾸만 눈물이 흘러나왔습니다. 나는 여동생을 살포시 안아주었습니다. 아아, 그때 들렸습니다. 낮고 희미하지만 분명하게 들린 것은 군함 행진곡의 휘파람이었습니다. 여동생도 귀를 기울였습니다. 시계를 보니 여섯 시였습니다. 우리는 말로 표현할 수 없는 공포감에 옴짝달싹 못 하고 더 힘껏 끌어안은 채 절집 마당의 새잎 돋은 벚나무 너머에서 들려오는 신기한 휘파람 소리에 귀 기울이고 있었습니다.

신은 있다. 틀림없이 있다. 나는 그렇게 믿었습니다. 여동생은 그로부터 사흘 뒤에 세상을 떠났습니다. 의사는 고개를 갸웃거렸습니다. 여동생이 너무나 고요하게, 너무나 빨리 숨을 거두었기 때문이겠지요. 하지만 나는 그때 놀라지 않았습니다. 모든 것이 신의 뜻이라고 믿었으니까요.

그런데 지금은 ― 나이 들어 이런저런 물욕이 생겨서 부끄럽습니다. 믿음이라는 것도 조금 옅어진 걸까요. 여동생과 들었던 휘파람도 어쩌면 아버지가 꾸민 게 아니었을까? 왠지 모르게 그런 의심이 들기도 합니다. 학교 일을 마치고 귀가해 옆방에서 우리 이야기를 엿듣고는 측은하게 여긴 나머지 엄격한 아버지로서 일생일대의 사기극을 벌인 게 아닌가 하는 생각도 해봅니다. 하지만 그럴 리 없겠지요. 아버지가 살아 계신다면 캐물을 수도 있겠지만, 아버지가 돌아가시고 벌써 이러구러 십오 년이나 지났습니다. 뭐, 이 또한 신의 은총이겠지요.

나는 그렇게 믿고 마음 편히 지내고 싶습니다. 하지만 나이가 들면 아무래도 물욕이 생겨 믿음도 옅어지게 될 테니 걱정됩니다.

두 소녀

smaapiker

시그리드 운세트(Sigrid Undset, 1882~1949)

시그리드 운세트는 덴마크에서 태어나 노르웨이에서 활동한 작가로, 중세 북유럽을 배경으로 여성의 삶과 내면을 깊이 탐구했다. 대표작 《크리스틴 라브란스다터》 삼부작은 사실적 묘사와 심리적 통찰로 큰 반향을 일으켰으며, 사랑과 결혼, 전통과 신앙의 갈등을 치열하게 그렸다. 1928년 노벨문학상을 수상하며 북유럽 문학의 위상을 세계에 알렸다.

—

시프 셀메르와 엘나 야콥센은 한때 같은 거리에 살았다. 하지만 지난가을, 엘나는 시내의 다른 곳으로 이사했다.

지금 이야기하려는 거리는 도심에서 외곽으로 뻗은 두 개의 주요 도로가 만나는 지점에 있지만, 생각보다 조용한 편이다. 게다가 꽤 어두침침해서 기분 좋은 거리라고는 할 수 없다. 그곳에는 풀 하나, 나뭇잎 하나 보이지 않을 만큼 녹색 식물이 없고, 회색 아파트 단지의 침침한 뒷마당으로 통하는 검은색 문이 자리하고 있다. 하지만 거리가 끝나는 모퉁이에는 커다랗고 아름다운 보리수나무 한 그루가 서 있고, 그 옆에는 낮고 아담한 목조 주택이 있다. 그 양옆으로 안이 보이지 않게 반사 유리와 벽돌로 지은 흉측한 신식 상가 건물들이 늘어서 있다. 또 거리가 시작되는 위쪽, 교회 근처 공터 옆에 자리한 오래된 묘지에는 키 큰 나무들이 하늘을 향해 쭉쭉 뻗어 있다.

그 거리는 어른들의 눈에는 슬프고 칙칙하게 보였지만, 아이들에게는 여느 곳과 다르지 않게 놀기 좋은 장소였다. 아이들이 사는 어두컴컴한 아파트 입구들은 제각기 다른 특

징을 지니고 있었다. 토라의 집 입구는 줄넘기를 하기에 좋았고, 시프네 집 입구는 계단이 시작되는 지점에 널찍한 공간이 있어 마치 사방치기를 위해 마련된 듯했다. 잉게보르그가 사는 계단 아래층의 아주머니는 성격이 무척 심술궂어, 아이들이 입구에서 떠들며 놀고 있으면 어김없이 달려와 소리를 지르곤 했다. 하지만 아이들은 그녀가 화를 내는 모습을 오히려 재미있어했다. 모세의 집 지하에는 빵집이 있어서, 그의 집 앞에 이르면 언제나 갓 구운 데니시 페이스트리 냄새가 풍겼다. 그 냄새는 너무 좋아서, 지나가던 아이들의 입에 절로 침이 고일 정도였다. 릴리네 집에서 키우는 작고 예쁜 강아지는 여름이 되면 가끔 산책을 나왔다. 아파트의 어두운 지하층에는 평범한 세탁실과 함께, 낡은 가구나 석탄, 장작 등을 저장하는 창고가 있었다. 아이들은 항상 자물쇠로 잠긴 지하실을 볼 때마다, 어둡고 텅 빈 공간이나 비밀로 가득한 지하의 미궁을 상상했다. 그곳에는 벽이 움푹 들어간 곳이 있어, 숨바꼭질할 때 몸을 숨기기에 안성맞춤이었다. 들리는 소문에 따르면, 어떤 여자가 그 지하실에서 닭을 기르려 했다고 한다. 그곳에 버려진 이불에서 깃털이 발견되자, 그 소문을 사실로 믿는 사람도 생겨났다. 아파트에 사는 주부들은 지하실이 습기가 차서 늘 축축하다고 투덜거렸다. 하지만 아이들은 한마디로 표현하기 어려운 그 퀴퀴한 냄새가 신비스럽기도 하고, 무섭기도 해서 오히려 좋아했다. 그곳에 흐르는 지하수는 교회 묘지에서 흘러나온 것이었다.

어른들은 그 거리를, 사회적 신분 상승과 야망을 이루기 위해 슬픈 싸움을 벌이는 사람들, 즉 교육은 많이 받았지만 가난하게 살아가는 중산층의 삶터로 여겼다. 사람들은 거리 에서 가장 환한 쪽에 있는 방을 항상 깨끗하게 정돈해 두고, 손님이 오면 그곳으로 안내하곤 했다. 반면, 가족들은 마 당이 보이는 어둑한 거실에서 식사를 하고 잠을 잤다. 그곳 은 어머니들의 재봉틀 돌아가는 소리, 아이들이 숙제를 하 며 책 읽는 소리로 채워지기도 했다. 골목길에 있는 작은 구 멍가게들은 단 1외레*를 마저 재어가며 비교하는 구두쇠 같 은 손님들도 마다하지 않고 간절히 기다리며 근근이 생계를 이어갔다. 하지만 그곳에는 아이들이 다음 달 성적이 좋으 면 꼭 사고야 말야겠다고 마음먹을 만큼 탐나는 물건들이 가 득했다. 유제품 가게의 초콜릿 바, 연습장과 펜촉을 파는 아 주머니의 가게에 있는 매끈한 표지의 잡지들이 바로 그것이 다. 사람들은 수많은 문학 작품을 읽고 그 내용을 잊어버렸

* **외레** 노르웨이 화폐 단위. 현재 사용하지 않는다. 100외레가 1크로네다.

어도, 《칭가루루, 원시림의 그림자》나 《괴도신사, 스탠포드 경》 같은 책의 멋진 표지 그림은 오래도록 기억했다. 물론 아이들은 다음 달이 되어도 그런 책을 살 수 없었기에, 그 내용을 상상해서 스스로 이야기를 지어내곤 했다.

아이들이 대도시의 돌멩이 사이에서 마음의 뿌리를 내릴 수 없다는 말은 사실이 아니다. 아이들은 자신이 어디에 있어야 하는지, 그리고 그곳에 미래가 있다는 것만 깨닫는다면, 세상의 어느 곳에서든 뿌리를 내릴 수 있다. 그 '미래'라는 것이 여름방학처럼 아주 짧은 시간일지라도, 아이들은 그것을 결코 짧다고 여기지 않는다. 그들에겐 일주일도 긴 시간이기 때문이다.

아이들은 등굣길을 두세 번 오가고, 어머니의 심부름으로 같은 가게에 몇 번만 다녀와도 그곳을 보금자리로 여기며 자신만의 표식을 남긴다. 어느 집 창가의 꽃화분, 마당에 있는 덤불, 가게 앞에 붙은 마가린 광고까지도 그들의 삶 일부가 된다. 아이들은 그것들을 떠올리며 환상을 품고, 사랑하고, 동경하며, 그 안에서 동화를 읽어낸다. 그러나 아이들이 내린 뿌리는 너무 자주 뽑혀 생소한 곳으로 옮겨지고, 또다시 그곳에서 뿌리를 내려야 한다. 이는 분명 안타까운 일이지만, 아이들은 그것에 큰 고통을 느끼지 않는다. 오히려 그 반대로, 낯선 곳의 새로운 분위기를 즐긴다. 대부분의 아이들은 그런 분위기 속에 젖어드는 과정에서 세련되고 감각적인 즐거움을 느낀다. 무의식적으로 그것을 즐기는 아이들도 있지만, 생각보다 많은 아이들이 그것을 의식적으로 누린다. 특히 도시의 아이들은 이런 즐거움을 더 자주 경험한다. 이들은 어른이 되기 전부터 감정이 풍부한 다양한 일상 속에서 삶을 살아가는 법을 배운다.

어쨌든, 지금부터 하려는 이야기는 시프와 엘나에 관한 것이다.

거리의 소년들은 언제나처럼 무리를 지어 놀고 있었다. 그들은 역사 속에서 늘 그랬듯, 가장 '남자다운' 방식으로 무리의 우두머리를 한 명 뽑았다. 소년들의 시선에서 보기에 좋든 나쁘든, 우두머리가 된 아이는 어떤 방식으로든 눈에 띄는 구석이 있었다. 어떤 때는 그 거리나 인근에서 가장 잘생긴 아이가 우두머리를 맡았고, 때로는 무례하다 싶을 만큼 대담한 아이가 그 자리에 오르기도 했다.

소년들은 우두머리가 된 아이와 함께 어울려 놀았다. 그들은 다른 거리의 무리와 패싸움을 벌이기도 하고, 인적 드문 외딴곳으로 탐험을 떠나거나 기습을 감행하기도 했으며, 때때로 기분 좋은 소풍을 가기도 했다.

반면, 소녀들은 두 사람씩 짝을 지어 놀았다. 물론, 그들도 더 많은 아이들과 함께 무리를 이루어 놀 때도 있었다. 남자아이들과 어울릴 때, 지하실에서 숨바꼭질을 할 때, 화창한 봄날 햇살을 받으며 인도 위에서 사방치기를 할 때, 혹은 교회 문 밖을 서성이며 마차에서 내리는 새 신부 일행의 실크 드레스를 훔쳐볼 때가 그랬다. 한 명의 소녀가 거리에서 특별한 위치를 차지하는 경우도 있었다. 아이들은 제일 예쁜 봄 코트를 입고 있거나, 아버지가 동네에서 가장 잘생겼다거나, 곧 생일 파티를 열 예정인 소녀를 부러운 눈빛으로 바라보곤 했다. 하지만 그렇다고 해서 그 소녀가 무리의 우두머리가 될 수는 없었다. 그녀 아래에 있는 아이들은 자주 자기들끼리 짝을 지어 놀았고, 그녀의 등 뒤에서 비난을 하기도 했으며, 가끔은 그녀가 알아서는 안 될 비밀을 공유하기도 했었다. 때때로 이런 아이들은 틈을 엿보다가 반란을 꾀하고, 무리에서 이탈하려는 계획을 세우기도 한다. 어린 소녀들에게는 무리나 조직 생활을 꾸릴 수 있는 바탕이 마련되어 있지 않다. 이들은 우정을 위해 자신의 개인적인 이익을 기꺼이 희생하는 소년들의 미덕과는 거리가 멀다. 하지만 반대로, 이들은 소년들과는 달리, 주변 아이들에게 놀림을 받더라도 자신의 양심에 따라 행동하는 도덕적 용기를 더 자주 보여준다.

매우 예쁜 코트를 입고 있거나, 생일 파티를 열 날이 코앞으로 다가온 소녀는 단짝 친구에게 의지해 일정 기간 동안 거리에서 순전한 공포심을 바탕으로 무리를 이끌 수 있다. 하지만 그녀는 자신이 무리를 지배할 만한 기반이 약하다는 것을 누구보다 잘 알고 있다. 자신을 질투하는 다른 소녀, 혹은 부모에게 거짓말을 하고 싶어 하지 않는 또 다른 소녀 때문에, 언제든 자신의 위치가 무너질 수 있다는 사실을 알고 있는 것이다.

한편, 단짝 친구가 없는 어린 소녀는 가끔 다른 아이들과 어울릴 기회를 얻는다 해도, 신이 창조한 이 푸른 지구 위에서 가장 작고 외로운 존재임이 틀림없다.

시프 셀메르는 바로 그런 존재였다. 아버지와 어머니, 세 명의 형제자매가 있었음에도 불구하고 말이다. 하지만 야콥센 부인이 8호 집으로 이사 오면서, 시프에게도 드디어 단짝 친구가 생겼다. 새로 이사 온 소녀의 이름은 엘나였다. 엘나는 이사 오기 전까지 시내 동쪽 마을에 살았으며, 친구들도 적지 않았을 것이다. 열두 살인 그녀는 등 뒤로 굵게 땋아 내린 검은 머리, 창백한 얼굴, 그리고 상대방을 꿰뚫어 보는 듯한 어른스러운 회색 눈동자를 가진 예쁘장한 소녀였다. 엘나의 어머니, 야콥센 부인은 다섯 개의 방 중 세 개를 세놓고, 자신은 삯바느질로 생계를 꾸렸다. 그 거리에 살고 있던 다른 아이들의 부모는 대부분 가난한 중산층 가운데서도 상류층에 속했으며, 같은 중산층이라 해도 그 안에 존재하는 신분의 간극은 결코 쉽게 넘을 수 없는 벽이었다. 바로 그 점 때문에 엘나는 셀메르 국장의 딸을 단 한마디 말도 없이 단짝 친구로 받아들였다. 하지만 시프는 나이보다 훨씬 어려 보였고, 실제로도 엘나보다 한 살 어렸다. 키가 작고 통통한 시프는 발그레한 뺨, 자그마한 푸른 눈동자, 그리고 숱이 많은 금발을 지닌 소녀였다.

두 소녀는 대부분의 시간을 야콥센 부인의 집에서 함께 보냈다. 셀메르 국장의 집에는 아이들이 놀 수 있는 공간이라곤 식당과 침실뿐이었고, 그마저도 시프의 남자 형제들이 차지하고 있었다. 언뜻 생각하면, '국장'이라는 직함을 지닌 사람의 집이 삯바느질로 생계를 꾸리는 여인의 집보다는 경제적으로 여유로울 것 같지만, 막상 그 속을 들여다보면 아이들이 이해할 수 없는 여러 지출들로 인해 절약하지 않고는 살아갈 수 없는 형편이었다. 어쨌든 어린 두 소녀는 야콥센 부인의 집 뒷방에서 자주 시간을 보냈다. 그곳에 있으면 과자도 많이 얻어먹을 수 있었고, 다른 어느 곳보다 훨씬 자유롭게 행동할 수 있었다. 바로 그 때문이었다. 두 소녀가 자연스럽게 그곳에 모이게 된 것은.

그러던 어느 날, 엘나가 이사를 가게 되었다. 두 소녀의 우정은 엘나의 이사를 앞둔 몇 주 동안 더욱 깊어졌다. 그들은 팔짱을 끼고 마치 한 몸이 된 듯 나란히 걸으며, 영원히 변치 않는 우정을 약속했다. 엘나가 이사를 간 뒤에도 매주 일요일이면 서로를 찾아가기로 굳게 다짐했다.

엘나가 이사 간 뒤, 시프는 크리스마스를 맞아 아이들을 집으로 초대했고, 엘나에게도 정성껏 초대장을 보냈다. 그러나 그날을 제외하고 두 소녀는 다시 만난 적이 없었다.

그리고 봄이 찾아왔다. 교회 옆에 줄지어 선 작은 밤나무들은 금방이라도 터질 듯한 향기로운 꽃봉오리를 머금고 있었고, 자작나무에는 생쥐 귀처럼 뾰족한 새 잎이 조심스레 고개를 내밀었다. 그 잎사귀들은 한낮의 푸르스름한 불꽃처럼 창백해서, 햇빛을 마주 보고 있으면 거의 투명하게 보일 지경이었다. 하지만 나무를 지나쳐 걸어가다가 뒤돌아보면, 그 잎사귀들이 예쁜 연녹색 베일을 덮어쓴 채 제자리를 지키고 있는 것이 보였다. 시프는 이런 것들을 바라보았고, 학교에 오가는 길마다 그것들에 대해 생각하며 궁금해했다. 수업 시간에도 그녀의 머릿속은 온통 봄으로 가득했다. 문득,

그녀는 엘나에게 편지를 써야겠다고 결심했다. 토요일에 파란 아네모네 꽃을 꺾으러 뷔그되에 가지 않겠느냐고 쓴 편지를 보냈고, 며칠 뒤 엘나에게서 답장이 도착했다. 그녀도 함께 가겠다고 했다.

시프는 설레는 마음을 가라앉히지 못한 채 거실을 왔다 갔다 하며 그날이 오기만을 기다렸다. 사실, 지난 크리스마스 이후로 그녀는 마르기트 홀름이라는 소녀를 일종의 임시 단짝으로 삼아 함께 놀았지만, 마음속 깊은 곳에서 여전히 자신의 유일하고 진정한 친구는 엘나뿐이라고 생각해 왔다. 게다가 2주 전, 트론헤임에서 온 라스 삼촌이 여행 중 잠시 들렀다가 시프에게 무려 1크로네나 되는 돈을 주고 갔다. 그녀에게는 낯설 만큼 큰돈이었다. 그래서 시프는 엘나와 함께 보낼 그날을 특별하게 만들기 위해 그 돈을 쓰기로 결심했다. 두 소녀는 예전에도 가끔 필레스트레데에 있는 유대인이 운영하는 과일가게에 들러 5외레짜리 초콜릿이나 케럽콩을 사 먹곤 했다. 그 가게의 카운터 위 상자 속에는 아이들이 군침을 흘릴 수 밖에 없는 진귀한 군것질거리가 들어 있었다. 그것은 얼핏 초콜릿과 과일 젤리처럼 보이는 갈색, 빨간색, 녹색의 작은 조각들이 듬성듬성 박혀 있는, 설탕처럼 하얀 두툼한 사각형 막대 사탕이었다. 아이들은 돈이 생기면 그 사탕을 꼭 사겠다고 수도 없이 계획했지만, 35외레나 되는 가격은 쉽게 감당할 수 없었고, 그 바람은 늘 실현되지 못했다. 하지만 이번에는 달랐다. 시프는 그 막대 사탕을 두 개나 사서 은박지로 정성스럽게 돌돌 말아 포장해 두었다. 꽃을 따러 갈 때 샌드위치와 함께 광주리에 넣어 갈 생각이었다.

그날, 초인종이 세 번 울렸다. 초인종 소리가 들릴 때마다 시프는 현관으로 달려 나가 직접 대문을 열었다. 하지만 그 앞에 서 있던 건 우체부 아저씨, 계산서를 전하려는 어떤 남자, 그리고 헤르보르그 이모였다. 그러고 나서 다시 초인종이 울렸다. 시프가 대문을 여니, 마침내 그녀가 그토록 기다려 온 엘나가 서 있었다. 체크무늬 봄 코트에 새 모자를 쓴 엘나는 시프가 기억했던 것보다 훨씬 키가 크고 예뻤다.

"안녕! 어서 들어와! 내가 얼마나 기다렸는지 알아? 그런데 네 코트, 정말 예쁘다!"

두 소녀는 특별히 기다리는 일이 있었던 것도 아니면서, 한동안 대문 밖으로 나갈 생각도 않고 그 자리에 가만히 서 있었다. 오랜만에 다시 만난 탓인지, 낯설고 이상한 느낌이 조금은 감돌았다. 그들은 거울 앞에 나란히 서서 서로의 봄 모자를 써보며, 어색한 분위기가 조금씩 풀려가기를 조용히 기다렸다.

그때 셀메르 부인이 나와 두 소녀를 재촉했다.

"얘들아, 서둘러야겠구나. 그런데 엘나, 네 어머니는 잘 지내시니?"

두 소녀는 따스한 황금빛 저녁 햇살 속에서 거리를 걷는 동안에도 서로에게 할 말을 쉽게 찾지 못했다. 너무 오랜만에 만났기 때문이다. 하지만 그들은 허공에 떠다니는 먼지와 햇살에 따뜻하게 데워진 보도블록을 바라보며, 처음으로 둘 사이를 잇는 동일한 행복감에 천천히 젖어들었다. 그들은 왕궁 뒤편 공원을 향해 발걸음을 옮겼다. 방울술처럼 생긴 느릅나무 열매는 불그스레한 빛을 띠고 있었고, 조팝나무는 연한 녹색으로 반짝였다. 드람멘스베이엔으로 가는 길에 그들은 어느 집 앞마당의 검은 흙 속에 심어진 노랗고 파란 크로커스를 보았다. 꽃밭 옆의 자갈돌은 평평하게 잘 정리되어 있었다. 그곳에서, 시프에게 "안녕" 하고 다정히 인사하는 한 여인을 만났다.

엘나는 매우 화려한 옷차림에 공기 속에 진한 향수 냄새를 남기고 떠난 그 여인의 뒷모습을 못마땅한 눈빛으로 바라보았다.

"세상에! 시프, 도대체 저 여자는 누구야?"

시프는 그 여자가 라르센 씨 세탁소가 있던 모퉁이 자리에 새로 문을 연 담배 가게 주인의 딸이라고 설명했다. 그러자 엘나도 지지 않겠다는 듯, "지금 우리가 사는 아파트 아래층에 과일 가게가 있는데, 그 집 딸은 말이야….." 하며 말문을 열었다. 두 소녀는 조금 전보다 훨씬 가까이 붙어 나란히 걸으며 수다를 떨기 시작했다.

그들이 페리에 올랐을 때, 두 소녀는 예전처럼 다정한 단짝 친구로 돌아갔다. 그들은 킥킥 웃음을 터뜨리고, 서로의 옆구리를 쿡쿡 찌르며, 페리에 탄 다른 승객들을 은근히 평하기도 했다. 푸른 바닷물 위로 조그맣고 하얀 햇살이 마치 뜀박질하듯 반짝이며 흘렀다. 뷔그되 뒤편의 전나무 숲에는 군데군데 황금빛 새잎을 품은 활엽수들이 서 있었고, 빌라의 붉은 지붕과 짙은 푸른색 지붕들은 햇살을 받아 반짝였다. 해안에서 조금 떨어진 곳에는, 한때 오스카 국왕의 궁이었으나 지금은 박물관으로 쓰이는 흰색 건물이 자리하고 있었다. 그 건물은 너무나도 새하얘서, 마치 과자 가게 쇼윈도에 놓인 작은 설탕 궁전처럼 보였다.

두 소녀는 사이좋게 팔짱을 끼고 빌라 주택을 지나 박물관 안의 숲을 향해 걸었다. 둘 사이에 감돌던 어색한 분위기는 어느새 완전히 사라져 있었다. 시프는 마르기트 홀름의 괴팍한 성격에 대해 몇 가지 예를 들어가며 이야기했다. 하지만 이야기를 하면서도, 지금의 마르기트가 여러 면에서 훨씬 착한 아이로 변했다는 생각이 머릿속을 떠나지 않았다. 그래서 그처럼 뒤에서 흉을 보는 일이 마치 일종의 배신처럼 느껴졌다. 그럼에도 그녀는 애써 스스로를 위로했다. 이 이야기를 나누는 사람이 바로 엘나, 단 한 사람뿐이기 때문이었다. 그 순간만큼은, 엘나가 자신만의 진정하고 영원한 단짝 친구라는 사실을 시프는 깊이 확신했다.

무성한 덤불 속, 작년에 시들어 잿빛으로 변한 잎사귀를 뚫고 나온 가느다란 줄기 끝에는 연약한 연녹색 백합과 꽃이 조심스럽게 매달려 있었다. 두 소녀는 서로의 손을 놓고 덤불 속으로 달려가 무릎을 꿇고 앉은 채, 욕심스럽게 꽃을 꺾었다. 덤불 가장자리에 다다른 시프가 하얀 아네모네를 발견했다. "맙소사! 여기 제비꽃도 피어 있어! 세 개, 네 개… 여섯 개, 일곱 개!" 덤불 뒤, 전나무 숲이 시작되는 언덕의 경사진 곳에는 파란 노루귀바람꽃도 환하게 피어 있었다.

두 소녀는 땅을 엉금엉금 기듯 앞으로 나아가며 꽃을 꺾었다. 따스하고 부드러운 흙 속에 손을 넣는 일은 말로 다 할 수 없이 행복한 일이었다. 그들은 햇살이 스며든 솜털 같은 줄기에서 퍼져 나오는 따뜻한 봄의 향기에 취해, 마음이 아릴 지경이었다. 시간 가는 줄도 모르고, 계속해서 꽃을 꺾었다. 문득, 숲 가장자리에 자리한 밭에서 쟁기질을 하는 한 남자가 눈에 들어왔다. 회색 흙으로 덮인 밭 곳곳에는 퇴비 더미가 놓여 있었고, 그것은 갈색 벨벳처럼 빛을 냈다. 그 위에서 종달새 한 마리가 지저귀고 있었다. 하지만 두 소녀는 그저 꽃을 꺾기만 했다. 머릿속은 파란 노루귀바람꽃을 한 아름 안고 집에 돌아가고 싶다는 생각뿐이었다.

두 소녀는 빨간 페인트가 칠해진 작은 집 앞, 전나무 아래에 놓인 작은 나무 테이블에 앉고 나서야 비로소 머리 위 하늘에 구름이 가득 끼어 있다는 것을 알아차렸다. 하늘은 회색 진주빛을 띠고 있었고, 태양은 구름 뒤에 숨어 있었다. 한때 황금빛을 뿜어내던 햇살은 이제 은빛 베일처럼 흐릿하게 퍼지고 있었다.

그들은 날씨가 변했다는 것을 느끼긴 했지만, 그것에 대해 깊이 생각하지는 않았다. 그저 기분이 좋기만 했다. 소다음료수를 마시고 샌드위치를 먹고 있으니, 마음 한구석이 행복으로 가득 찼다. 테이블 위에 음식을 흘려도 전혀 개의치 않았다. 그들은 아무렇지도 않은 일에 깔깔 웃음을 터뜨리고, 꺾어 온 꽃들로 작은 꽃다발을 만들어 서로의 광주리 속에 넣어주었다.

마침내 시프에게 너무나도 소중한 순간이 다가왔다. 그녀는 은박지 포장을 조심스럽게 풀었다. 그 안에는 형형색색 젤리 조각이 박힌, 달콤한 흰 설탕 막대 사탕 두 개가 들어 있었다. 시프가 기대에 부풀어 오랫동안 기다려온, 신비롭고 아름다운 사탕이었다. 그녀는 아무 말 없이 사탕 하나를 엘나 쪽으로 살며시 밀어주었다.

"어머나! 너무너무 예쁘다!"

시프는 사탕을 크게 한입 베어 물었다. 그리고 사탕을 입에 문 채로 트론헤임에 사는 라스 삼촌 이야기를 들려주었다. 그러느라 그녀는 엘나가 사탕을 한입 베어 문 뒤, 그것을 무릎 위에 내려놓았다는 사실을 알아차리지 못했다. 사탕을 거의 다 먹고서야, 시프는 엘나가 사탕을 거의 먹지 않았다는 걸 깨달았다.

"왜? 맛이 없니?"

"아냐, 그건 아니야… 단지 배가 너무 불러서….."

엘나는 지금껏 그렇게 맛없는 사탕은 처음이었다. 모양도 얼룩덜룩한 점이 박힌 빨랫비누 같았고, 맛도 비누맛과 크게 다르지 않았다.

시프는 군것질에 관해서는 엘나처럼 까다롭지 않았기에, 자신의 몫을 충분히 즐길 수 있었다.

하지만 솔직히 말하자면, 그녀 역시 기대했던 만큼 맛있지 않아서 조금 실망한 것도 사실이었다. 그렇다면 엘나도 같은 마음이었을까…. 그 순간, 시프는 문득 자신이 무척 보잘것없는 존재처럼 느껴졌다.

엘나는 시프의 속마음을 눈치채고, 너무 당황스럽고 안쓰러워서 얼굴까지 붉어졌다. 사탕을 손에 쥐고 있던 그녀는 자신의 것을 시프에게 건네고 싶었지만, 차마 용기가 나지 않았다. 그렇다고 해서, 그토록 맛없는 사탕을 끝까지 먹는 것도 도무지 내키지 않았다.

두 소녀는 너무 당황한 나머지 안절부절못하다가, 아무 말 없이 다시 꽃다발을 만들기 시작했다.

그 순간, 두 소녀의 테이블에서 몇 발짝 떨어진 곳에 조그마한 남자아이 하나가 모습을 드러냈다. 언뜻 보기에 두 살쯤 되어 보였다. 노란 곱슬머리를 한 아이는 콧물을 흘리고 있었고, 푸른색 셔츠 아래로는 지저분한 바지가 구부정한 다리 위에 축 늘어져 있었다. 아이는 마치 생각에 잠긴 듯 손가락을 콧구멍에 집어넣은 채, 두 소녀를 향해 아장아장 걸어왔다.

두 소녀는 누가 먼저랄 것도 없이 아기를 향해 달려갔다. 그리고 아기 앞에 쪼그려 앉아 혀 짧은 소리로 이것저것 말을 걸고, 콧물을 닦아주고, 흘러내린 바지도 추켜올려 주었다. 아기의 바지는 축축하게 젖어 있었다. 아기는 두 소녀의 연이은 질문에 '오카'라는 말만 되풀이했다. 시프는 그 말을 듣고 아기의 이름이 아마 '오스카'일 거라고 짐작했다.

아기는 곱슬머리 외에는 귀여운 구석이라곤 전혀 없었고, 지저분하기 짝이 없었다. 그럼에도 두 소녀는 아기가 너무 귀여워 어쩔 줄 몰라 했다. 열두세 살 정도밖에 되지 않은 그들은 마치 전리품을 두고 경쟁이라도 하듯 아기에게 갖은 호의를 베풀었다. 하지만 거기까지가 한계였다. 만약 오스카가 둘 중 누구에게라도 조금 더 호감을 보인다면, 나머지 한 명은 분명 질투를 느꼈을 테니까.

시프는 처음부터 조금 더 우위에 있었다. 그녀에겐 어린 동생들이 있었고, 평소에도 어머니처럼 돌보는 데 익숙했기 때문이다. 그녀가 남은 샌드위치 조각을 오카에게 주자, 아기는 게걸스럽게 먹어치웠다. 엘나는 시프가 아기를 무릎에 앉혀 샌드위치를 먹여주는 모습을 부러운 눈길로 바라보았다. 아기는 시프의 소다 음료수를 마지막 한 방울까지 남김없이 다 마셔버렸다. 그 모습을 지켜보던 엘나는, 시프에게 함께 돈을 모아 음료수를 한 병 더 사자고 제안했다.

시프가 오카를 내려놓으려 하자, 오카는 갑자기 소리를

지르며 울기 시작했다. 어쩔 수 없이 엘나가 음료수를 사러 가게 되었다. 하지만 음료수를 먹이는 일은 당연히 시프의 몫이 되었다. 왜냐하면, 음료수를 사는 데 시프는 20외레를 냈고, 엘나는 10외레밖에 내지 않았기 때문이다.

근처에 있는 집에서 한 여인이 나왔다. 그러나 그녀도 오카가 누구인지, 어디에 사는지 알지 못했다. 한참 생각을 더듬던 그녀는, 정류장 근처의 주택가에서 아이를 본 적이 있는 것 같다고 말했다. 혹시 아이가 길을 잃은 건 아닐까?

두 소녀는 이제 오카가 어디 사는지 알아내고, 집에 데려다주어야 할 막중한 책임을 떠맡게 되었다. 문제는 시간이 너무 늦었다는 것이다.

시프는 무릎 위에서 빵 부스러기와 나뭇잎을 털어내고 모자를 고쳐 쓰기 위해 아이를 잠시 내려놓았다. 그 순간, 아기를 한번 안아보고 싶은 마음을 애써 누르고 있던 엘나는 그 기회를 놓치지 않고, 조심스럽게 아기 앞으로 다가갔다.

엘나가 오카 앞에 쭈그려 앉자, 오카는 손으로 엘나를 때리며 시프의 품으로 몸을 피했다. 엘나는 막대 사탕을 조금 잘라 손바닥에 얹고, 마치 새 모이를 주듯 손을 내밀었다. 오카는 그걸 거절할 수 없었다.

아기는 대리석 무늬처럼 얼룩덜룩한 사탕에 마음을 빼앗

긴 듯했다. 장난꾸러기이자 변덕쟁이인 꼬마 신사는 두 소녀가 일어서려 하자, 엘나의 치맛자락을 붙잡고 두 팔을 번쩍 치켜올렸다. 마치 엘나에게 안아달라고 조르는 듯했다.

엘나는 아기를 안았다. 아기는 예상보다 훨씬 무겁고, 바지는 축축하게 젖어 있었다. 그것은 그녀의 옅은 색 코트 소매와는 어울리지 않았다. 두 소녀는 숲 언저리를 따라 뻗어 있는 오솔길을 나란히 걸었다. 나무들 뒤로는 희미한 구릿빛 하늘이 펼쳐져 있었다.

두 사람은 서로에게 할 말을 찾지 못했다. 시프는 가난하고 슬픈 느낌을 떨쳐낼 수가 없었다. 맛 하나 없는 막대 사탕을 사는 데 가지고 있던 돈을 모두 써 버렸고, 엘나는 그 사탕을 먹지도 않았다. 그뿐만 아니라, 그녀는 뭐라 정확히 말할 수 없는 그 외의 여러 가지 일들 때문에 마음이 편치 않았다.

키가 크고 호리호리한 엘나는 아기를 안고 있는 팔이 아팠지만, 아이를 내려놓을 생각이 전혀 없었다. 그 아이는 친구를 이겨 얻은 전리품과 같았기 때문이다. 물론, 엘나는 지금까지 단 한 번도 시프를 이겨야 한다고 생각한 적이 없었다. 그럼에도 그녀는 시프의 품에 안겨 있기를 바라는 아기를 힘겹게 품에 안고서 놓으려 하지 않았다. 시프는 부모님이 두 분 다 계시고, 동생들도 있으며, 집에는 침실 두 개와 식당, 거실까지 있어 종종 검정색 양복이나 실크 드레스를 입은 사람들이 모여 파티를 즐기기도 했다. 반면 엘나에게는 삯바느질을 하며 방을 세 놓아 생계를 꾸리는 홀어머니뿐이었다. 하지만 엘나는 그동안 남한테 자존심을 세우고 싶었던 적이 한 번도 없었다. 그랬기에 단짝 친구인 시프를 상대로 얻은 승리감은, 엘나에게는 왜인지 고통스러운 굴욕감을 안겨주었다. 그녀는 비겁한 방법을 사용해 시프에게서 오카를 빼앗았다. 게다가 시프가 주었던 막대사탕은 또 어떤가. 그녀는 시프가 그 사탕을 사면서 무척 행복해하고 자랑스러워했다는 것을 너무나 잘 알고 있었다. 그런데도….

그들은 길 아래쪽에서 오카를 찾아다니는 한 여인과 마주쳤다. 예상대로였다. 오카는 근처 노동자 주택에 사는 아이였고, 어머니가 잠시 볼일을 보는 사이에 집을 나왔다가 길을 잃은 것이었다. 아이 엄마와 동네 사람들은 오카를 찾기 위해 여기저기를 샅샅이 뒤지고 있었다.

두 소녀는 집으로 돌아갈 차비가 없어, 드람멘스베이의 골목길을 터벅터벅 걸어갔다. 그 길은 봄날 저녁의 석양빛 속에서 먼지를 머금은 채 길게 뻗어 있었다. 길을 따라 양쪽으로 늘어선 집들 마당에서는 나뭇잎과 흙냄새가 섞인 바람이 불고 있었다. 동네 사람들은 가벼운 봄옷을 입고 산책을 즐기고 있었다. 하지만 피곤에 지쳐 고개를 숙인 채 말없이 걷고 있는 두 소녀를 유심히 지켜보는 사람은 없었다. 물론, 한 명은 갈색 머리를 두 갈래로 땋아 등 뒤로 길게 늘어뜨렸고, 다른 한 명은 짧은 금발 머리를 하나로 묶었다는 사실을 알아챈 사람도 없었다.

두 소녀는 서로에게 '많이 늦었나 봐.'라든가 '집에서 걱정할 것 같아.'라는 말 외에는 아무 말도 하지 않았다. 그리고 시프의 집 대문 앞에서 짧은 작별 인사를 나누었다. 그날 이후, 두 소녀는 다시 만나지 않았다.

빛이 머무는 곳에서

At Twilight

수잔 글래스펠(Susan Glaspell, 1876~1948)

미국 아이오와 출신. 사회 정의, 젠더 문제, 여성의 연대를 주제로 한 작품들로 주목받은
미국 현대 희곡의 선구자다. 여러 단편소설과 희곡 《트리플스》 등에서 여성의 시선으로
가부장적 사회의 불평등과 침묵 속 저항을 섬세하게 그려냈다. 1931년 《앨리슨의 집》
으로 퓰리처상을 수상하며, 영향력 있는 여성 극작가로 평가받는다.

—

 5월의 바람이 교실 안으로 스며들자, 그의 책장이 살짝 들썩였다. 그 순간, 그는 신선한 것과 오래된 것 사이에서 묘하게 어우러지는 기운을 느꼈다. 창가에 앉은 여학생들의 머리카락을 장난스럽게 흩트리는 봄바람을 바라보며, 그는 미소를 지었다. 안나 로렌스는 흐트러진 머리카락을 매만지려 애썼지만, 5월은 그런 단정함을 그다지 반기지 않는 듯했다. 마치 그녀가 머리를 다 묶기를 기다렸다가, 이내 그 모든 노력을 가볍게 무너뜨리기라도 하듯 바람은 다시 장난을 쳤다. 맞은편에 앉아 있던 한 소년이 그녀를 보고 웃음을 터뜨리자, 안나는 말을 듣지 않는 풍성한 머리칼을 난감한 눈길로 바라보다가 조용히 시선을 돌렸다. 하지만 이내, 두 사람의 눈길은 나란히 창밖으로 향했다. 바람을 타고 들어온 나무 향기가 속삭이듯 퍼졌고, 눈앞에는 5월의 찬란한 캠퍼스가 펼쳐져 있었다. 그는 어제 해 질 무렵, 교정을 함께 걷던 그 소년과 소녀를 떠올렸다. 그리고 바로 그때, 한층 더 힘차게 불어온 바람이 그의 얼굴을 스쳤고, 불현듯 전혀 다른 생각이 머리를 스쳤다. 그는 올해로 일흔셋이었다.

강의실 안에서도 학생들의 시선은 하나둘 창밖으로 향하고 있었다. 나무와 새, 그리고 라일락에 머무는 그 눈길은 더 이상 낯설지 않았다. 해마다 봄이 오면 어김없이 펼쳐지는 익숙한 풍경이었다. 그는 사십 년 넘게 이 자리에서 젊은 이들에게 철학을 가르쳐 왔다. 그리고 그 모든 봄마다, 변함 없이 학생들의 시선은 저 창밖을 향하곤 했다. 예전 제자들의 아이들이 이제 그의 강의를 듣고 있었고, 몇 해가 지나면 또 다른 아이들이 이 자리에 앉게 될 것이다. 그는 그들에게 인류가 오랫동안 고민해 온 삶의 질문들을 들려줄 것이고, 그들은 다시금 라일락 너머의 세상을 바라볼 것이다. 그렇게 시간은 흘러간다. 어쩌면 5월은, 철학보다 더 깊이 삶을 이해하는 철학자인지도 몰랐다.

봄기운이 살랑이는 탓인지, 아니면 딱히 이유 없이 그런 건지, 그는 온몸이 묵직하게 느껴졌다. 다시 학생들이 제출한 과제에 시선을 돌렸다. 하지만 마음은 이미 딴 길로 새고 있었다. 처음으로 이 강의를 들었던 젊은이들, 그들 생각이 났다. 이제 그들 역시 부모가 되어, 자녀를 이 강의실로 보내는 나이가 되었겠지. 철학이 그들의 삶에서 그저 5월의 햇살을 가리는 존재로만 남지 않기를 바랐다. 그는 언제나 '사람들이 삶을 어떻게 생각해 왔는가'를 가르치기보다,

'스스로 생각하는 법'을 전하고 싶었다. 그리고 지금, 창밖을 바라보는 또 다른 젊은 눈빛들을 마주하며 그는 바랐다. 자신이 심어준 사유의 습관이 그들의 삶을 조금이라도 덜 공허하게 해주길, 마음 어딘가에 여전히 의미 있는 무언가로 남아 있기를. 결국 그가 되고 싶었던 건, 누군가를 틀에 가두는 사람이 아니라, 더 멀리 나아가게 하는 사람이었다.

오늘 그의 연민에는 유난히 깊은 슬픔이 배어 있었다. 그는 지쳐 있었다. 세계의 철학자들이 영혼의 불멸에 대해 어떤 신념을 가졌는지를 또다시 설명하는 일이 버겁게 느껴졌다. 그래서 언제나처럼 생각이 무거워질 때면 자연스레 그레타 로링에게 시선을 돌렸다. 그녀는 늘 그의 관심을 다시 일깨워주었고, 흐릿해진 생각을 맑게 정리해주었다. 그녀는 그가 가장 아끼는 학생이었다. 수십 년 동안 수많은 제자들을 가르쳐왔지만, 그를 이렇게까지 기쁘게 하고, 더 나아가 그 자신을 붙들어준 학생은 없었다.

그는 그녀의 부모를 가르친 적이 있었다. 그리고 이제, 그레타가 그의 앞에 있었다. 맑은 눈빛과 단단한 시선을 지닌 아이였다. 그녀는 부모보다 더 많은 것을 삶에서 발견하고자 했고, 단지 5월을 좋아하는 데 그치지 않고, 5월이 담고 있는 의미까지 알고 싶어 했다. 그녀에게 삶은 나뉘지 않는 하나의 흐름이었다. 삶의 의미를 이해해가는 과정은 곧 삶의 기쁨을 더하는 일이었고, 이해가 깊어질수록 삶의 생동감도 함께 커졌다. 그는 가끔, 자신이 말로 다 담기 어려운 어떤 경계에 다다랐다고 느낄 때, 그레타의 얼굴이 환히 빛나는 순간을 목격했다. 그리고 언제나처럼, 그녀는 더 듣고 싶다는 듯 조용히 몸을 앞으로 기울이곤 했다.

지금도 그녀는 여느 때처럼 조용히 자리에 앉아 있지만, 오늘의 눈빛에는 기대보다는 불안이 먼저 읽혔다. 그녀는 그가 계속해서 영혼의 불멸에 대해 이야기해주길 바라고 있었다. 하지만 그건 단순한 지적 호기심이 아니었다. 그는 그런 요청에 익숙했지만, 이번엔 뭔가 달랐다. 마치 그녀가 그 자신을 걱정하고 있는 듯한 느낌이었다. 그녀의 얼굴엔 알 수 없는 불안이 어른거렸고, 그 순간 그의 눈에 들어온 건 살짝 젖어 있는 그녀의 시선이었다.

그녀가 고개를 돌리는 순간, 그는 불현듯 혼자 남겨진 듯한 막막함과 무력감에 휩싸였다. 그는 천천히 손을 들어 이마를 문질렀다. 뜨거운 열기가 느껴졌다. 요즘 따라 피곤할 때면 늘 그랬다. 그리고 수업이 끝나갈 무렵이면, 그 피로는 어김없이 더 짙어졌다.

그는 그녀가 무엇을 원하는지 어렴풋이 짐작할 수 있었

다. 그녀는 그가 자신의 생각을 숨기지 말고, 분명하게 말해 주길 바라고 있었다. 예리한 감각과 현대적인 감성을 지닌 그녀는, 철학자들의 끝없는 사유를 되풀이하는 방식에 점점 답답함을 느끼고 있었다. 또래 학생들의 모호하고 조심스러운 말들에도 늘 아쉬움을 느껴왔던 그녀는, 이제 그가 더는 돌려 말하지 않기를 바랐다. "선생님은 어떻게 생각하시나요?"

그는 무슨 말을 해야 할지 머릿속으로 정리해보려 했다. 하지만 어쩌면 너무 피곤했던 탓일까. 그 순간, 창밖 가까운 나뭇가지에 앉아 노래하는 울새 한 마리가 문득 눈에 들어왔다. 그 작은 생명에서 뿜어져나오는 힘이, 인간의 영혼에 대한 철학적 논의보다 훨씬 더 근본적인 무언가처럼 느껴졌다.

수업 종료까지는 아직 십 분이 남아 있었지만, 그는 갑자기 몸을 돌려 학생들을 향해 말했다.

"밖에 나가서 생각해보세요. 이런 날씨에 실내에 앉아 철학을 얘기하는 건 왠지 어울리지 않네요. 과거 사람들이 삶을 어떻게 생각했는지보다, 지금 여러분이 삶을 어떻게 느끼는지가 더 중요합니다."

그는 잠시 말을 멈췄다가, 자기가 왜 이런 말을 하는지도 모른 채 한마디를 덧붙였다.

"믿음이든 불신이든, 그 그림자가 지금 여러분 앞에 펼쳐진 나날들을 덮지 않게 하세요."

다시 침묵이 흘렀고, 그는 뜻밖에 담담한 목소리로 마무리했다.

"철학은 삶을 메마르게 만드는 게 아니라, 오히려 생기를 불어넣는 것이어야 하니까요."

학생들은 서둘러 자리에서 일어났다. 그의 뜻밖의 제안에 순간 놀란 기색이었지만, 곧장 밖으로 나갈 수 있다는 사실이 그 놀라움을 단번에 덮어버렸다. 그러나 그레타만은 쉽사리 움직이지 않았다. 마치 자신을 햇빛 속으로 조용히 밀어내는 듯한 그의 태도가 마음이 걸리는 듯, 잠시 자리에 머물렀다. 그는 그녀가 책상 쪽으로 다가와 무언가를 말할 것이라고 생각했다. 그녀 역시 그러고 싶어 한다는 걸 그는 느낄 수 있었다. 하지만 마지막 순간, 그녀는 그 망설임을 접고 급히 발걸음을 옮겼다. 그리고 그가 본 그녀의 마지막 모습, 고개를 돌리기 직전, 속눈썹에 맺힌 그것은 어쩌면, 눈물이었는지도 몰랐다.

이상했다. 늘 삶의 에너지로 가득했던 그녀가, 왜 그토록 슬퍼 보였을까? 하지만 어쩌면, 삶이 우리에게 많은 것을 준 만큼 또 많은 것을 요구하는 건 아닐까. 깊이 느끼고,

그것을 이해하고, 다시 마음을 기울이는 사람은 결국 더 자주, 더 깊이 아프게 되는 건지도 모른다. 삶이 주는 모든 것에 대해, 우리는 어쩔 수 없이 어떤 대가를 치러야만 하는 걸까.

그는 한숨을 내쉬며 책상 위 서류를 정리했다. 오늘은 삶을 생각하는 일조차 버겁게 느껴졌다.

건물 밖 계단에 서서, 테니스 경기를 시작한 학생들을 바라보았다. 설명하기 어려운 가벼운 슬픔이 마음에 스쳤다. 그들은 삶에 대한 고민을 잠시 내려놓고, 망설임 없이 즐거움 속으로 뛰어들고 있었다. 정작 자신이 준비시켜주려 했던 깊고 풍요로운 삶을 기꺼이 받아들일 준비가 된 학생은 얼마나 될까. 어쩌면, 오늘 그들에게 줄 수 있었던 가장 큰 선물은 바로 그 뜻밖의 '십 분'이었을지도 모른다. 그 생각에 이르자, 그는 천천히 지친 어깨를 떨구었다.

그때 문득, 도서관에서 찾으려 했던 책이 떠올랐다. 그는 다시 건물 안으로 들어가 철학 서적이 꽂힌 서가로 향했다. 원하는 책을 꺼내려 팔을 뻗는 순간, 바로 옆 서가에서 낮은 목소리가 들려왔다.

"그건 그렇다 쳐도… 선생님이 영혼 같은 건 안 믿는다는 거, 우리도 알잖아. 근데 막상 본인 차례가 오면 어떨까?"

그의 몸이 굳었다. 방금 강의를 듣고 나간 학생 중 한 명의 목소리였다. 그는 그 자리에 멈춰 섰다. 손은 여전히 책을 향해 뻗은 채였다.

"어떻게 하긴, 당연히 마주하시겠지. 언제나 그랬던 것처럼, 삶의 모든 걸 정면으로 받아들이셨던 것처럼."

그레타의 목소리였다. 도서관에서는 조용히 해야 한다는 걸 의식한 듯 낮은 톤이었지만, 어조에는 숨길 수 없는 아쉬움이 스며 있었다.

"글쎄," 첫 번째 목소리가 다시 이어졌다. "아마 머지않아 직접 마주하게 되겠지."

대답은 없었다. 책장 너머에서 작은 움직임이 났다. 어쩌면 그레타가 돌아섰는지도 몰랐다. 그의 손은 책을 향해 뻗은 채 멈춰 있었고, 이윽고 천천히 아래로 내려왔다. 그는 조용히 책장에 몸을 기댔다.

"그레타, 너도 느꼈지? 요즘 선생님… 좀 흐트러지시는 거."

그 말에 그는 본능적으로 고개를 들었다. 온몸이 긴장했다. 그레타라면 분명 부정해 줄 거라 믿었다. 누구보다 예리하고, 진실에 가까운 학생. 아마 웃어넘기겠지, 그렇게 생각했다.

하지만 그녀는 웃지 않았다. 그의 귀에 간신히 닿은 건, 단호한 반박이 아니라 짧고 떨리는 숨소리였다. 마치 울음을 꾹 참고 있는 사람의 호흡처럼.

"느꼈냐고? 가슴이 찢어질 것 같아."

그는 멍하니 책장 너머를 바라보았다. 그녀의 낮고 격한 목소리가 아직 귓가에 맴돌고 있었다. 그리고 이내, 그는 가까이 있던 의자에 힘없이 주저앉았다. 더는 서 있을 기운조차 남아 있지 않았다.

"아버지가 그러시더라. 아버지가 이사회에 계시잖아."

첫 번째 학생이 말을 이었다.

"학교에서도 걱정하고 있대. 선생님이 새 학기를 맡는 건 학교에 대한 예의가 아니라는 거지. 큰 학교들은 이런 일 처리하는 데 능숙하잖아. 시기가 되면 자연스럽게 명예교수로 전환되고, 연금도 받으실 거야. 선생님이 학교에 기여한 게 얼만데."

그 순간, 그레타의 짧고 냉소적인 웃음이 들렸다. 그는 조용히 마음속으로 감사를 보냈다. 말보다 더 깊은 위로가 되는 웃음이었다.

그들이 떠나자 책장 사이를 스치는 치맛자락 소리가 희미하게 들렸다. 잠시 뒤, 그는 창밖에서 그들의 모습을 발견했다. 햇살 가득한 캠퍼스에서, 그레타는 한 남학생과 함께 테니스를 치고 있었다. 그는 그대로 앉은 채 그녀를 바라보았다. 믿기지 않을 만큼 젊어 보였다.

그는 한 시간 가까이 그 자리에 앉아, 방금 들은 학생들의 대화를 곱씹었다. 그리고 마침내, 탁자 위에 놓인 펜을 집어 들었다. 이사회 서기에게 보낼 사직서를 써 내려갔다. 짧고 간결한 편지였다. 이제는 자신보다 더 젊은 이들이 학교에 더 많은 것을 줄 수 있으리라 믿으며, 이번 학년이 끝나는 시점에 물러나겠다는 내용이었다.

그는 편지를 봉투에 넣고 밀봉한 뒤 우표를 붙였다. 건물 밖으로 나서며, 정문 앞 우체통에 편지 넣을 준비를 했다. 평생을 바쳐온 학교였다. 그는 언제나 학교를 위해 최선을 다해 왔다. 그리고 이제, 자신이 학교를 위해 할 수 있는 마지막 최선은 자리를 비우는 일이었다.

그는 이번에도 어김없이, 현실을 정면으로 마주했다. 평생 그래 왔으니 이번이라고 다를 건 없었다. 그리고 받아들이는 데 오래 걸리지도 않았다. 학생들이 했던 말, 그 모든 것이 사실임을 그는 인정했다. 예전과 달리, 이제는 사소한 일에도 쉽게 피로해졌다. 수업을 시작할 때의 열정은 점점 줄어들었고, 수업이 끝날 때는 안도감이 더 깊어졌다. 정작 스스로가 그 변화를 알아차리지 못했다는 사실이 조금은 어리석게 느껴졌다. 하지만 어쩌면, 누구나 자신의 시간이 다했다는 걸 깨닫는 데는 조금 둔감할지도 모른다. 물론 그는 언젠가 이 일을 그만둘 날이 올 거라 막연히 생각해 본 적이 있었다. 하지만 인간이란, 가까운 미래조차 '먼 훗날'처럼 느끼게 하는 방식으로 스스로를 다루는 존재인지도 몰랐다.

이제야 그는 그레타의 불안한 눈빛과 눈물의 의미를 이해할 수 있었다. 그녀의 예민한 감각이 얼마나 고통스러웠을지, 흐려지는 그의 사고를 붙들기 위해 얼마나 애썼을지, 젊고 단단한 에너지가 점점 쇠약해지는 그의 모습 앞에서 얼마나 큰 무력감을 느꼈을지. 가장 깊이 아끼는 사람이 가장 먼저, 그리고 가장 정확하게 그런 변화를 알아채게 된다는 것, 어쩌면 그것이야말로 삶이 지닌 가장 냉정한 진실일지도 몰랐다.

그는 이 모든 것을 담담히 받아들이려 애썼다. 비통해하지 않고, 가능한 한 조용하게, 담백하게. 그가 마주한 건 결코 특별한 일이 아니었다. 누구나 제 일을 하다가, 그 일이 끝나면 멈추는 것이다. 말처럼 단순한 일이라고, 그는 스스로에게 말하고 싶었다. 하지만 불현듯 이런 의문이 떠올랐다. 수많은 이들이 퇴직을 알리는 짧은 편지를 쓰던 그 순간, 그들 역시 마음속에 이런 깊은 상실감과 고독을 조용히 감추고 있었던 걸까?

대부분의 사람들은 그보다 더 많은 것을 가졌을 것이다. 일흔셋이 된 많은 이들이 손주들에게 둘러싸여 있을 테고, 아마도 그런 존재들이 세월의 흐름을 자연스럽게 받아들이게 해주는 버팀목이 되어주었을 것이다. 하지만 그에게는 오직 학교만이 있었다. 학교는 그의 유일한 '아이'였고, 그는 그 아이를 진심으로, 마치 자식처럼 아껴왔다. 자식이 있었다면 주었을 온 애정을, 그는 모두 학교에 주었다.

그가 사랑했던 여인은 그의 마음을 받아들이지 않았다. 그는 결혼하지 않았고, 그래서 그의 삶은 종종 '외롭다'는 말로 요약되곤 했다. 하지만 그 외로움 속에서도, 책과 일, 사유가 주는 온기 덕분에 마음이 얼어붙는 일은 없었다. 그는 사람들과의 교류에서 삶의 기운을 길어 올릴 줄 알았고, 젊은이들과 함께하며 그 젊음을 함께 누렸다. 그것은 마치 햇살과 신선한 공기가 방 안을 천천히 데워주듯, 그의 내면을 따뜻하게 감쌌다.

하지만 이제, 그의 곁을 감도는 건 더 이상 그런 온기가 아니었다. 그것은 삶을 비옥하게 하는 기운이 아니라, 서서히 밀려드는 황량한 고독이었다. 어둠이 조용히 다가오는 것처럼, 그 고독은 지금 그를 기다리고 있었다. 삶은 사람을 소진시킨다. 고귀한 목적이 아니라, 거칠고 냉정한 방식으로. 인간이 아무리 그럴듯한 의미를 덧씌우려 해도, 결국 삶이란 한 사람을 끝까지 사용하고, 더는 필요 없을 때 밀어내는 건 아닐까. 그렇다면 그 사실을 인정하고, 정면으로 마주해야 하지 않을까. 아무리 넉넉한 마음으로 주었고, 아무리 기쁘고 의미 있는 시간이었어도, 마지막에 남는 질문은 단 하나였다. "이제, 당신을 어떻게 치울 것인가?"

그것은 누구의 잔인함도 아니었다. 오히려 더 아픈 것은, 그것이 특정한 누군가의 배신이 아니라, 그저 삶이 작동하는 방식이라는 사실이었다.

"연금도 받으실 거야. 선생님이 학교에 기여한 게 얼만데."

그 말은 여전히 그의 귓가에 맴돌고 있었다. 그리고 그 말을 비웃기라도 하듯 터져 나왔던, 그레타의 작고 떨리는 웃음. 짧은 순간의 위안이었지만, 그 웃음조차 이 깊은 상처의 가장자리조차 건드리지 못했다.

그는 다시 마음을 다잡았다. 지금 이 순간도 예전의 모든 순간들과 마찬가지로 솔직하고 담담하게 마주하고자 했다.

그리고 인정할 수밖에 없었다. 그는 정말 많은 것을 학교에 바쳤다. 누구보다, 어쩌면 어떤 누구보다 더 많이. 이 작은 학교가 학문을 사랑하는 이들 사이에서 어느 정도의 명성을 얻게 된 것도 결국 그의 오랜 헌신 덕분이었다.

그가 처음 이곳에 발을 디딘 건 젊은 시절이었다. 당시 학교는 서부의 변두리에서 어렵게 첫걸음을 뗀 작은 대학일 뿐이었다. 그레타 로링의 할아버지는 이 학교의 설립자 중 한 명이었다. 그는 대형 대학들의 종교적 편협함에 반발해 보다 자유로운 정신을 지향하는 새로운 배움터를 꿈꿨다. 그리고 그는 그 이상을 끝까지 지키고자 했다. 행정적인 문제와 현실의 압박 속에서도 그는 진리를 향한 자유로운 탐구 정신이 어떤 제약에도 얽매이지 않도록 싸워 왔다.

그의 학문적 명성은 학교 밖에서도 잘 알려져 있었다. 더 크고 영향력 있는 대학들로부터 여러 차례 초청을 받았지만 그는 떠나지 않았다. 해가 갈수록 이곳에 대한 애정이 더욱 깊어졌기 때문이다. 젊은 날의 지적 열정과 이상을 온전히 바친 이곳, 그의 삶 전체가 이 학교와 닿아 있었다. 캠퍼스를 가로지르는 오솔길은 그의 수많은 발걸음에 의해 단단히 다져졌고, 건물 벽을 타고 자란 담쟁이덩굴은 해마다 조금씩 더 높이 자라며 그의 시간과 함께 성장해 왔다. 여러 세대의 학생들이 앞문 계단을 오르내리며 돌을 닳게 했듯, 세월은 그의 이마에 주름을 새기고 어깨를 구부정하게 만들었다. 그는 이 학교와 함께 늙어갔다. 그의 하루하루는 이곳과 얽혀 있었고, 그는 이곳에서 고민했고, 노력했고, 때로는 좌절했고, 다시금 희망을 품었다. 그것은 그가 온 마음을 다해 키워온 존재였고, 그래서 사랑하지 않을 수 없었다.

그가 둘러보는 도서관 서가에는, 자신이 직접 주문하고 자기 월급에서 조금씩 아껴가며 사들인 책들이 가득했다. 어떤 해에는 학교 재정이 어려워 필요한 책을 들이지 못하기도 했지만, 그는 망설이지 않았다. 기꺼이 자신의 돈으로 철학 서적을 샀다. 출판사에서 막 나온 새 책을 품에 안고 도서관으로 향하던 순간에는 늘 설렘이 있었다. 그리고 다음날, 그 책들이 서가에 가지런히 꽂힌 모습을 바라볼 때면 은근한 만족감이 밀려왔다. 그것은 그가 자신에게 허락한 아주 작은 사치였고, 아무에게도 내보이지 않는 조용한 기쁨이었다.

그는 그렇게 바쁘게 살아온 날들을 천천히 떠올려보았다. 책들이 꽂힌 서가는 마치 조용히 그를 내려다보고 있는 듯했고, 창밖의 봄 햇살은 어느새 기울어 도서관 안에 부드러운 그림자를 드리우고 있었다. 그는 조금 지쳐 보였다. 그리고 마침내, 테이블 위에 놓여 있던 사직서를 다시 집어 들었다. 이사회가 더 이상 고민을 미루지 않도록, 그는 스스로 물러나는 선택을 했다.

저녁빛이 조용히 내려앉았다. 그는 건물 앞 계단에 서서 천천히 캠퍼스를 둘러보았다. 봄날의 저녁은 좀처럼 어둠을 허락하지 않았다. 낮은 쉽게 물러서지 않았고, 마치 떠나기를 망설이듯 천천히 사라졌으며, 밤은 이 고요한 풍경을 방해하지 않으려는 듯 조심스레 다가오고 있었다. 학생들은 교정 곳곳을 오가며 저마다의 시간을 보내고 있었다. 누구도 서둘러 건물 안으로 들어가려 하지 않았다. 저녁의 기운과 햇살의 끝자락을 조금이라도 더 오래 붙잡아두려는 듯, 모두가 바깥의 공기를 천천히 누리고 있었다.

그는 조용히 그 모습을 바라보았다. 지난 사십 년 동안 그래 왔고, 앞으로도 수많은 사십 년이 흐를 동안 그럴 것이다. 아니, 어쩌면 세상이 끝나는 날까지도 이 풍경은 변하지 않을지 모른다. 어느 봄날 저녁, 젊은이들이 이렇게 밖에서 삶을 만끽하지 않는다면, 그날이야말로 정말로 세상이 끝나는 날일 것이다.

그들은 지금 저물어가는 저녁빛 속을 걷고 있었다. 책 속에서 애써 삶의 의미를 찾기보다 있는 그대로 삶을 살아가고 있었다. 그는 그게 참 다행이라 생각했다. 책에서 얻는 깨달음이 주는 만족도 물론 소중하지만, 결국 마지막 순간에 마음을 지켜주는 건 그런 이론이 아니라 살아온 시간의 결일지도 모른다는 걸 그는 잘 알고 있었다.

그는 곧장 집으로 향하는 것이 망설여졌다. 집에 가면 마주해야 할 것들이 많았다. 그의 삶은 이제 방향을 다시 잡아야 했고, 그 사실이 쉽게 마음에 내려앉지 않았다. 그래서 그는 계단에 그대로 앉은 채, 조금 더 이곳에 머물렀다. 그때, 저 멀리 나무들 사이에 혼자 앉아 있는 한 여학생이 눈에 들어왔다. 그리고 그녀가 고개를 살짝 젖히는 익숙한 동작을 하는 순간, 그는 단번에 그녀가 그레타 로링임을 알아보았다.

지금 그녀는 무슨 생각을 하고 있을까. 삶을 깊이 들여다보는 사람은 이런 순간에 어떤 고민을 떠올릴까. 그는 문득, 젊음과 노년은 삶을 전혀 다른 위치에서 바라본다는 생각을 떠올렸다. 같은 장면을 마주해도, 서로 다르게 느끼고 다르게 해석할 수밖에 없다. 삶을 어떻게 바라보는지는 결국, 자신이 어디에 서 있는지, 그리고 그 자리로 어떤 빛이 비추는지에 따라 달라지는 건 아닐까.

무엇이 그를 그녀에게 이끌었는지, 그는 스스로도 확신할 수 없었다. 어쩌면 단순히 인간적인 온기가 그리웠던 것일지도 모른다. 나이가 들었다고 해서 그런 갈망이 사라지는 건 아니니까. 하지만 그것만으로는 충분한 설명이 되지 않았다. 그보다는, 더 깊은 곳에서부터 올라오는 어떤 감정이 있었다. 삶의 빛이 과거를 향해 비출 때, 그 자리에서 잠시 머물고 싶어지는, 본능에 가까운 욕구였다.

그녀는 조용하고 부드럽게 인사를 건넸다. 아직 테니스를 치고 난 뒤의 열기가 뺨에 남아 있었고, 흐트러진 머리카락도 그대로였지만, 그녀의 눈빛은 사색으로 가라앉아 있었다. 그는 그 눈빛 속에서 슬픔을 읽어냈다. 그리고 그 슬픔이 자신 때문이라는 것도 알 수 있었다. 그의 존재와, 자신이 그녀에게 불러일으키는 모든 것들 때문이었다. 그녀는 그를 향한 애정을 숨기지 않았고 그가 지켜 온 가치를 깊이 존중하고 있었다. 하지만 지금, 정작 본인은 깨닫지 못한 채 스스로 무너지고 있다는 사실이 그녀를 아프게 하고 있었다. 사람들이 그에 대해 어떻게 '정리할지'를 조심스럽게 이야기하는 가운데, 그는 여전히 그 사실을 알지 못하고 있었다. 아마 그녀는, 그 이야기를 직접 꺼내야 하는 건 아닐까, 홀로 고민하고 있었는지도 모른다.

그래서 그가 먼저 입을 열었다. 봉투 위의 주소를 조용히 가리키며 말했다.

"여기, 내 사직서가 들어 있어. 그레타."

그녀는 움찔하더니, 금세 눈가가 촉촉해졌다. 말은 하지 않았지만, 떨리는 턱 끝에서 이미 모든 감정이 전해지고 있었다.

"이제야 실감이 나더군," 그가 살짝 웃으며 말을 이었다. "이제는 나보다 젊은 사람이 이 학교를 위해 더 많은 걸 해낼 수 있는 때가 온 것 같아."

그녀는 여전히 말없이 서 있었지만, 눈빛은 깊어지고 있었다. 그 순간의 그녀는 마치 무언가를 단단히 깨달은 듯한 얼굴이었다. 바로 그 눈빛이었다. 강의실에서 수없이 그를 다시 살아나게 만들었던, 그 빛나던 눈빛.

그는 알았다. 그녀는 부정하지 않을 거라는 걸. 억지로 위로하려는 말도, 형식적인 위안도 건네지 않을 거라는 걸.

순간, 마음 어딘가에서 아쉬움이 밀려왔지만, 그는 곧 그녀의 시선을 따라갔다. 그녀는 마치 당연하다는 듯, 그 역시 자신과 같은 자리에 서기를 바라고 있었다.

"그레타, 믿을 수 있겠니?" 그는 마치 손끝을 스쳐 가듯, 아주 조용하고 부드럽게 물었다. "이렇게도 힘든 일인 줄은 몰랐어. 이제는 내가 물러나고, 더 젊은 사람으로 대체되어야 한다는 걸 인정하는 게 이렇게 벅찰 줄이야."

그녀는 천천히 고개를 끄덕였다.

"그럴 수밖에 없겠죠," 그녀는 담담하게, 그러나 다정하게 말했다. "아마 직접 그 순간을 맞이해 보기 전엔, 누구도 쉽게 알 수 없을 거예요."

그녀의 말은 뜻밖의 위안처럼 다가왔다. 그는 이제야 비로소, 자신이 직접 겪은 경험으로부터 얻은 소중한 무언가가 있다는 사실을 깨달았다. 그에게도 남은 자산이 있었던 것이다. 그는 그녀의 솔직함에서 깊은 위로를 받았다. 그녀는 거짓된 위로를 할 수 없는 사람이었다. 하지만 오히려 그것이 고마웠다. 진실을 회피하지 않고 있는 그대로 바라봐 주는 그녀의 태도야말로, 이 순간을 진정한 의미로 만들어주고 있었다. 그녀의 침묵 속에는 냉정함이 아니라 따뜻한 존중이 있었다. 그 순간을 아끼는 마음이 그대로 전해졌고, 그녀의 눈빛에는 조용한 존엄과 품격이 깃들어 있었다. 그것은 그에게도 같은 품위를 요구하고 있었다. 언제나 그랬듯, 그녀는 그가 더 높이 서기를 기대하고 있었다. 하지만 이번엔 달랐다. 그 눈빛에 맺힌 눈물은 슬픔이 아닌, 자부심에서 비롯된 것이었다. 실패에 대한 연민이 아니라, 함께한 시간을 진심으로 존중하는 눈물. 그건 아마, 교정을 환히 비추던 저녁 햇살만큼이나 따뜻한 감정이었다.

그 순간, 그는 자신의 삶이 헛되지 않았다는 걸 느꼈다. 올곧은 지성과 흔들림 없는 품위를 위해 싸워 온 그의 세대 역시 결코 헛된 길을 걸어온 게 아니었다. 만약 그들이 남긴 가치가 이 세상에 그레타 같은 사람 몇 명이라도 남겨둘 수 있었다면, 그것만으로도 충분하다고 생각했다.

그의 시선은 자신에게서 그녀에게로 옮겨졌다. 진정 중요한 것은 그 자신이 아니라 그녀였다. 그녀가 앞으로 나아가는 한, 그는 그녀를 통해 남아 있을 것이다. 그녀에게 남긴 것이 있는 한, 그는 계속해서 존재할 것이다. 그는 문득, 지금까지 반대 방향만 바라보고 있었던 듯한 기분이 들었다. 그리고 누군가가 다정하게 그의 어깨를 돌려, 비로소 앞을 보게 해준 것만 같았다. 과거 속에서 자신을 찾으려 해서는 안 되었다. 그는 더 이상 거기에 있지 않았다. 오직 그녀와 함께, 그녀가 향하는 그곳에서만 그의 일부는 살아 있을 터였다.

그리고 바로 그때, 그녀가 입을 열었다. 신기하게도 그녀의 말은 그가 방금 마음속으로 깨달았던 것과 어딘가 닮아 있었다.

"저는요…" 그녀가 천천히 말을 꺼냈다. "그 젊은 사람에 대해 생각하고 있었어요. 자리를 내어주는 사람이, 그에게 어떤 의미일까 하고요."

그녀는 생각을 조심스럽게 더듬고 있었다. 아직 다듬어지지 않은 말들 사이를 조용히 걸으며, 자기만의 답을 찾고 있는 듯했다. 그는 그녀가 이렇게 생각을 따라가며 말하는 모습을 언제나 좋아했다.

"조금 전에 선생님이 단어를 잘못 쓰신 것 같아요. '대체된다'고 하셨는데, 그건 아니에요. 선생님 같은 분은 대체되는 게 아니라…"

그녀는 잠시 말을 멈추었다. 그러다 마침내, 꼭 맞는 단어를 찾아냈다. 그 단어를 꺼내는 순간, 그녀의 얼굴이 환하게 빛났다.

"완성되는 거예요!"

그녀는 들뜬 얼굴로 그를 돌아보며 이어 말했다.

"이해되세요? 그 젊은 사람이 선생님의 자리를 이어받을 수 있었던 건, 선생님이 그를 준비시켰기 때문이에요. 선생님이 그 길을 먼저 걸었기 때문에, 그는 더 멀리 나아갈 수 있는 거죠. 그리고 당연히, 선생님보다 더 멀리 가야 해요. 그게 당연한 거고, 만약 그렇지 않다면 그야말로 선생님께 예의가 아니잖아요?"

그녀의 마지막 말에는 따뜻한 에너지가 실려 있었다. 그 깨달음이 그녀 안에서 차오르며 얼굴에 은은한 빛을 남겼다. 그녀는 잠시 말을 멈추고, 그 감정을 조용히 음미하듯 침묵 속에 머물렀다. 그러고는 다시 천천히 말을 이었다.

"오늘 수업 시간에 '영혼의 불멸'에 대해 이야기하셨잖아요." 그녀의 목소리는 훨씬 더 차분하고 단단해져 있었다. "제가 좋아하는 불멸의 개념이 있어요. 누군가 세상에 무언가를 남기고 간다면, 그 사람은 여전히 살아 있는 거라는 생각이요."

그녀의 눈가에 살짝 눈물이 맺혔다. 목소리는 더욱 부드러워졌고 깊은 애정이 스며 있었다.

"선생님은 절대 사라지지 않아요. 선생님 덕분에 이 세상의 삶이 더 깊고 넓어졌으니까요."

그들은 나란히 앉아 있었다. 저녁빛은 서서히 사그라지고 있었고, 밤은 조용히 다가오고 있었다. 나이 든 사람과 젊은 사람, 두 세대가 그 순간을 고요히 함께하고 있었다. 멀리서 학생들의 웃음소리가 잔잔히 들려오고, 나뭇가지 위에서는 새들이 마지막 인사를 나누는 듯했다. 생명의 향기가 묻어나는 저녁이었다.

그 침묵 속에는 아직 말로 다듬어지지 않은 감정과 신념,

조용한 바람 같은 생각들이 스며들고 있었다. 그리고 그 고요한 틈 속에는 한 사람이 자신의 몫을 다해 살아왔다는 깊은 안도감이 자리하고 있었다.

그것은, 인생이라는 고독하고 거친 길도 결국은 평온한 들판으로 이어질 수 있다는 조용한 깨달음이었다.

4월의 소나기

April Showers

이디스 워튼(Edith Wharton, 1862~1937)

미국 뉴욕 출신. 20세기 초 상류사회의 허위와 여성의 내면을 날카롭고 세련된 문체로 그려낸 작가다. 《순수의 시대》, 《이선 프롬》 등에서 계급과 결혼, 자아의 갈등을 깊이 탐구하며, 억압된 욕망과 사회적 제약 속에서 흔들리는 인간의 모습을 섬세하게 포착했다. 1921년 퓰리처상을 수상한 최초의 미국 여성작가로, 미국 문단에 뚜렷한 자취를 남겼다.

—

"하지만 가이의 마음은 뮤리얼의 무덤 위에 핀 제비꽃 아래 고이 잠들었다."

참으로 아름다운 결말이었다. 테오도라는 이보다 덜 애절한 마지막 장을 읽고도 눈물을 흘리는 소녀들을 많이 봤다. 그녀는 펜을 내려놓고, 살짝 떨리는 목소리로 마지막 문장을 다시 읽고는 깊이 숨을 내쉬었다. 그러고는 페이지 맨 아래에 자신의 필명을 적었다.

글래디스 글린.

아래층 서재의 시계가 두 시를 알렸다. 둔탁하면서도 조용한 울림이 마치 그녀의 침실 바닥을 두드리며 경고하는 듯했다. 두 시! 일찍 일어나 조니의 리퍼 코트에 단추를 단단히 달아주고, 케이트가 학교에 가기 전에 대구 간유를 가져가도록 챙기기로 엄마와 약속했는데.

테오도라는 애틋하고 조심스럽게 소설 원고를 한 장 한 장 모았다. 무려 오백 장이나 되었다. 고모 줄리아가 선물해준 파란색 새틴 리본으로 원고지를 묶었다. 원래는 일요일에 새로 산 물방울무늬 모슬린 드레스를 입을 때 두르려고 했지만, 이렇게 쓰는 것이 더 고귀한 용도라는 생각이 들었다. 그녀는 원고를 리본으로 단단히 묶고, 끝을 예쁜 나비 모양으로 맸다. 테오도라는 원래 리본 묶는 솜씨가 좋아서, 소설 쓰는 일에 모든 여가 시간을 바치지만 않았다면, 모자나 옷을 멋지게 장식하고 손질하는 일도 훌륭히 해낼 수 있었을 것이다. 그녀는 마지막으로 소중한 원고를 한 번 더 바라본 뒤, 정성스럽게 봉투에 넣어 봉하고 주소를 적었다. 내일 《홈 서클》에 보낼 생각이었다. 물론 쟁쟁한 작가들이 많이 기고하는 잡지에 원고가 실리기란 쉽지 않으리라는 걸 알고 있었다. 하지만 얼마 전 보스턴에서 온 제임스 삼촌이 해준 말이 용기를 북돋워주었다.

그때 제임스 삼촌은 형인 데이스 박사에게 브루클라인 외곽에 새로 마련한 집 자랑을 한참 늘어놓고 있었다. 제임스 삼촌은 형편이 넉넉해서 그런지 '최신식 편의 시설'이 완비된 새 집으로 자주 이사하곤 했다. 특히 위생에 관심이 많아 배관시설이 더 잘 갖춰진 곳을 찾아 이사를 반복했다.

"욕실만 봐도 그 값어치를 충분히 하지." 삼촌이 흡족한 듯 말했다. "물론 집세가 꽤 비싸긴 한데, 자식들 키우면서 저축할 필요가 없는 처지라면 괜찮지." 그러면서 데이스 박사의 식탁을 둘러보며 어딘가 안쓰러운 표정을 지었다. "게

다가 배수시설이 잘 갖춰진 동네에 사는 것도 중요하지 않겠어? 그 얘긴 이웃에게도 했지. 참! 그런데 말이야, 우리 이웃이 누군지 한번 맞혀보겠나?" 그는 살짝 웃으며 테오도라를 바라보았다. "아마 이 아가씨는 벌써 알고 있을걸. 혹시 캐슬린 키드라는 이름, 들어본 적 있어?"

캐슬린 키드! 그녀는 당대 최고의 '사교계 소설가'였으며, 이전의 모든 작가를 합쳐도 따라올 수 없을 만큼 수많은 '사랑받는 여주인공'을 창조한 인물이었다. 《패션과 열정》, 《아메리칸 공작부인》, 《로나의 반항》 등 프랑스 메느에서 미국 캘리포니아까지, 책 좀 읽는다고 자부하는 소녀들 중 이 이름을 듣고 가슴이 두근거리지 않을 사람이 있을까?

제임스 삼촌이 말했다.

"맞아, 그 캐슬린 키드가 바로 옆집에 살아. 본명은 프랜시스 G. 월롭이고, 남편은 치과의사라더군. 굉장히 붙임성이 좋고 사교적이야. 전혀 작가처럼 안 보일 정도지. 그런데 그녀가 어떻게 글을 쓰게 됐는지 알아? 직접 내게 얘기해 줬어. 예전에 가게 점원으로 일했는데, 월급이 너무 적어서 먹고 살기도 힘들었대. 그런데도 어머니랑 폐결핵을 앓는 동생을 돌봐야 했지. 그러다 어느 날, 재미 삼아 짧은 이야기를 써서 《홈 서클》에 보냈대. 당연히 잡지사에서는 그녀가 누군지도 몰랐고, 그녀도 답장이 올 거라 기대하지 않았어. 그런데 놀랍게도 연락이 온 거야. 원고가 채택됐고, 그 뒤로 편집부에서 더 많은 글을 부탁했지. 그렇게 정기적으로 글을 쓰기 시작했고, 결국 전국적으로 유명해졌어. 이제는 책한 권으로 일 년에 만 달러를 번대. 우리가 번 돈을 다 합쳐도 그렇게 벌긴 어려울걸?" 그는 의미심장한 눈빛으로 테오도라를 바라보았다. "그런데 말이야, 이 집에서는 그녀의 글을 사주거나 해서 살림에 보태주진 않겠지?" 그의 목소리에는 살짝 비꼬는 기색이 묻어났다. "나는 어린애들이 감상적인 소설을 읽고 자라는 걸 반대한다네. 그건 마치 하수구에서 스며 나오는 가스 같아. 냄새는 안 나지만, 자기도 모르는 사이에 서서히 몸을 해치거든."

테오도라는 숨을 죽이고 귀를 기울였다. 캐슬린 키드의 첫 소설을 받아준 곳이 《홈 서클》이고, 편집부에서 그녀에게 더 많은 원고를 요청했다? 그렇다면 글래디스 글린도 같은 행운을 기대할 수 있지 않을까? 테오도라는 그동안 부모님 모르게 정말 많은 소설을 읽어왔다. 그래서 자신의 작품을 평가할 안목이 있다고 자부했다. 그녀는 거의 확신했다. 자신이 쓴 〈4월의 소나기〉는 굉장한 작품이다. 물론 캐슬린 키드처럼 가볍고 세련된 터치는 부족할지 몰라도, 훨씬 강렬한 감정의 깊이를 가지고 있었다. 테오도라는 단순히 독자를 즐겁게 하는 것에는 관심이 없었다. 그런 일은 더 가벼운 재능을 가진 사람들에게 맡기면 되는 일이었다. 그녀의 목표는 인간의 본질을 뒤흔드는 것이었다. 그리고 그녀는 자신이 그 목표를 이뤘다고 믿었다. 첫 소설을 쓰면서 이렇게 느낄 수 있다니, 얼마나 대단한 일인가! 테오도라는 이제 겨우 열일곱 살이었다. 그녀는 문득, 조지 엘리엇이 거의 마흔이 되어서야 유명해졌다는 사실을 떠올리며 안타까운 마음이 들었다.

〈4월의 소나기〉는 의심의 여지가 없는 훌륭한 작품이다. 하지만 오히려 그 때문에 성공하기 어려운 건 아닐까? 테오도라는 문득, 유명 작가들이 처음 겪었던 어려움과 새로운 작가를 쉽게 받아들이지 않는 출판업계의 냉혹한 현실을 떠올렸다. 대중이 이해하기 쉽게 작품을 쓰는 것이 더 좋은 선택일까? 아니면, 지금 모든 열정을 쏟아부어 만들어낸 이 '대단한 한 방'을 나중을 위해 아껴두는 것이 나을까? 아니, 절대 그럴 수 없었다! 그녀는 자신이 쌓아 올린 고귀한 문학적 구조를 스스로 허물지는 않을 것이었다. 독자에게 맞추려고 작품을 변질시키는 비예술적인 타협 따위는 하지 않겠다! 차라리 무명으로 남아 실패하는 것이, 얕은 성공을 거두는 것보다 나았다. 진정한 작가들은 그런 타협을 하지 않았다. 그리고 테오도라는 그런 결단을 내린 자신도 위대한 작가들과 같은 길을 걷고 있다고 믿었다. 원고는 손대지 않고 그대로 보내야 한다.

갑자기 그녀는 깜짝 놀라 눈을 떴다. 그러자 가슴 한쪽을 짓누르는 불안감이 엄습했다. 《홈 서클》에서 〈4월의 소나기〉를 거절한 걸까? 아니, 그럴 리가 없다. 소중한 원고는 여전히 그 자리에 놓여 있었고, 발송을 기다리고 있지 않은가! 그럼 이 불길한 느낌은 대체 뭐지? 아래층에서 들려온 음산한 쿵 소리. 아홉 시! 앗, 조니의 단추!

테오도라는 깜짝 놀라 침대에서 벌떡 일어났다. 조니의 단추만큼은 꼭 챙기겠다고 그렇게 다짐했는데! 만성 류머티즘으로 몸을 제대로 쓰지 못하는 데이스 부인은 집안일을 장녀인 테오도라에게 맡길 수밖에 없었다. 테오도라도 진심으로 조니의 단추를 다 달아주고, 케이트와 버사가 단정한 모습으로 학교에 갈 수 있도록 잘 챙기겠다고 마음먹었었다. 하지만 소설을 쓰는 데 몰두하다 보면, 일상의 자잘한 일은 신경 쓸 틈도 없고, 기억할 여유도 없었다. 그래서 테오도라는 늘 중요한 일을 잊어버리고, 뒤늦게 후회하는 경우가 많았다. 하지만 후회만 할 뿐 결국 아무것도 제대로 해내지 못했다.

하지만 문학적 성공만 거둔다면, 그동안 소홀했던 모든 일들을 보상할 수 있지 않을까? 그녀는 가족을 위해 자신이 번 돈을 모두 쓸 계획이었다. 이미 머릿속에는 구체적인 그림이 그려져 있다. 어머니를 위한 휠체어, 낡아빠진 아버지 진료실의 새 벽지, 여동생들에게 새 자전거를 사주는 것, 그리고 조니를 기숙학교에 보내 단추 달기가 정규수업에 포함된 교육을 받게 하는 것까지! 부모님이 그녀의 진심을 알았더라면, 그렇게 나무라지는 않았을 것이다. 그리고 그날 아침, 데이스 박사도 지친 듯한 냉소적인 태도로 그녀에게 한마디 던지지 않았을지도 모른다.

"아침까지 무도회에서 놀다 왔나 보지?"

하지만 테오도라는 자신이 옳다고 믿었기에, 이런 빈정거림에도 흔들리지 않았다. 오히려 태연하게 받아넘겼다. 마치 엄격한 부모 앞에서 조금도 기죽지 않는 소설 속 주인공처럼 당당했다.

"늦어서 죄송해요, 아버지."

하지만 데이스 박사는 그런 사과를 받아줄 사람이 아니었다. 그는 짜증이 난 듯 어깨를 으쓱하며 말했다.

"너야 편하게 늦잠을 잤겠지만, 네 엄마 아침은 다 식었어.”

“어머니 식사도 아직 안 올라갔어요?”

테오도라는 순간 당황했다.

“누가 가져다줄 사람이 있었겠냐?”

아버지는 쏘아붙이듯 말했다.

“애들은 늦게 내려와서 겨우 아침을 먹다 말고 학교에 갔고, 조니는 손이 너무 더러워서 방으로 돌려보냈지. 의사 아들딸들이 노턴에서 제일 지저분한 꼬마들처럼 보이면 되겠냐?”

테오도라는 서둘러 어머니의 식사를 챙긴 뒤, 자기 아침은 손도 대지 않은 채 곧장 위층으로 올라갔다. 방에 들어서자, 데이스 부인은 조용한 미소로 딸을 바라보았다. 그 표정은 아버지의 꾸중보다도 더 마음을 아프게 했다.

“어머니, 정말 죄송해요.”

“괜찮아, 얘야. 조니 단추 때문에 늦은 거겠지. 그런데 그 애는 도대체 옷을 어떻게 입길래 맨날 단추가 떨어지는지 모르겠구나!”

테오도라는 아무 말 없이 쟁반을 내려놓았다. 조니의 단추를 깜빡했다고 말하는 순간, 그 이유까지 털어놔야 한다. 아직은, 단 몇 주만 더. 오해를 받더라도 참아야 한다. 하지만… 만약 소설이 채택된다면? 그때가 되면, 모든 걸 이해하고, 모든 걸 용서할 수 있을 것이다. 그런데, 만약 거절당한다면? 그녀는 얼굴이 달아오르는 걸 감추려 고개를 돌렸다. 그렇다면 차라리 진실을 털어놓고, 부모님께 용서를 구한 뒤 조용히 받아들이자. 아무 말 없이, 바느질을 하고, 머리를 빗겨주며 살아가는 삶을.

테오도라는 원고를 부치고 나면 아이들을 돌보고, 밀린 바느질도 할 시간이 충분할 거라고 생각했다.

하지만 그녀가 계산에 넣지 않은 존재가 있었다. 바로 우체부! 우체부는 하루에 세 번 왔다. 그리고 매번, 우편물이 도착하기 한 시간 전부터 테오도라는 아무 일도 손에 잡히지 않았다. 우체부가 다녀간 후에도 한 시간 동안은 실망감에 빠져 멍하니 시간을 보냈다. 아이들은 평소보다 더 손이 많이 갔다. 마치 싸구려 가구처럼 계속 부서지는 것 같았다. 풀칠이 잘못된 듯, 여기저기서 금이 가고 삐걱대는 기분이었다. 데이스 부인은 조니의 해진 옷, 버사의 나쁜 성적, 케이트가 대구 간유를 먹지 않으려는 것까지 신경 쓰느라 점점 기력이 쇠약해졌다. 데이스 박사는 하루 종일 밖에서 환자들을 돌보다 지친 몸으로 난방도 안 되는 진료실로 돌아왔다. 그리고 들어서자마자 화난 목소리로 외쳤다. "테오도라, 내려와서 이 난로 위에 걸린 '동서남북 어딜 가든 집이 최고'라는 액자 좀 당장 치우렴?"

그 모든 혼란 속에서 소피 브릴이 찾아왔다. 바쁜 와중에도 방문해준 것은 고마운 일이었지만, 그녀는 노턴에서 가장 바쁜 사람이었다. 소피 브릴은 마을 사람들의 일을 챙기는 것이 자신의 의무라고 생각했고, 마을의 어느 집이라도 그녀의 관심을 피해 갈 수 없었다. 그녀는 언제나 무언가 잘못되었을 때 찾아왔고, 현관에 그녀의 모자가 보인다는 것은 마치 초상집 검은 리본처럼 불길한 신호였다. 소피 브릴이 다녀간 후, 데이스 부인은 말없이 깊은 한숨을 내쉬었고, 데이스 박사는 복도에서 노래를 부르던 조니를 이유 없이 꾸짖었다.

"소피 브릴은 진짜 듣기 싫은 말만 골라서 해!" 테오도라는 방으로 들어가 문을 걸어 잠그고, 눈물을 뚝뚝 흘렸다. "다시는 소설을 쓰지 않겠어."

그 한 주는 끝없는 악몽 같았다. 테오도라는 제대로 먹지도, 자지도 못했다. 아침 일찍 일어나긴 했지만 아이들을 챙기거나 식사를 준비하는 대신, 길 끝까지 나가 우체부를 기다렸다. 그리고 결국 아무것도 받지 못한 채 창백한 얼굴로 돌아왔다. 아침에 해야 할 일은 전부 잊은 채였다. 그녀는 이 기다림이 얼마나 오래 계속될지 알 수 없었다. 그런데 작가들이 정말 이렇게 몇 주씩 답장을 기다려야 한다면, 도대체 어떻게 버티는 걸까?

그러던 어느 날 오후, 테오도라는 문득 자기 손에 《홈 서클》 봉투가 들려 있다는 사실을 깨달았다. 눈앞에서 글자들이 마구 춤을 추는 것 같았다. 내용이 눈에 들어오지 않았다. 하지만 이내 단어들이 하나씩 제자리를 찾아가기 시작했다. "친애하는 마담," (그녀를 마담이라 부르다니!) 그리고 다음 줄, 마침내 문장이 또렷하게 보이기 시작했다. "귀하의 소설 〈4월의 소나기〉를 잘 받았습니다. 보내주신 작품을 기쁜 마음으로 출간하기로 결정했습니다. 통상적인 조건에 따라 계약을 진행하려고 합니다. 곧 출간 예정이었던 작품이 작가의 병환으로 인해 연기되어, 〈4월의 소나기〉를 한여름 호에 게재할 예정입니다. 소중한 원고를 보내주셔서 다시 한 번 감사드립니다…." 〈4월의 소나기〉가 잡지에 실리게 되었다!

테오도라는 자신도 모르는 사이에 학교 뒤편 숲속에 와 있었다. 그녀는 땅에 무릎을 꿇고, 마른 낙엽을 헤치며 돋아나는 작은 초록 줄기에 입을 맞췄다. 봄이었다. 봄! 모든 것이 빛을 향해 나아가고 있었다. 그리고 그녀의 마음속에서도 수많은 희망이 한순간에 싹을 틔웠다. 문득 그녀는 생각했다. 이 연약한 초록 줄기들이 땅을 뚫고 올라올 때, 땅은 아프지 않을까? 마치 그녀의 가슴속에서 터져 나오는 이 벅찬 환희, 숨이 막힐 듯한 기쁨이 자신의 가슴을 아프게 만드는 것처럼. 테오도라는 얽히고설킨 나뭇가지 사이로 하늘을 올려다보았다. 부드럽고 흐린 푸른 하늘 위로, 서서히 달빛이 떠오르고 있었다. 그녀는 사랑과 이해로 가득 찬 따뜻한 공기 속에 안긴 듯한 느낌을 받았다. 갈색 대지는 그녀의 기쁨을 따라 떨렸고, 나무 꼭대기는 그것을 고요히 받아들였다. 그 순간, 가지 사이로 별 하나가 반짝이며 나타났다. 마치 "나도 소식 들었어. 축하해!" 하고 속삭이는 것처럼.

테오도라는 대체로 차분하게 행동했다. 어머니는 눈물을 흘렸고, 아버지는 휘파람을 불며 말했다. "이제 커피에 찌꺼기가 떠다니는 것도 참아야겠군. 따뜻한 식사는 언제쯤 다시 먹을 수 있을지 모르겠어." 아이들은 뭔가 큰일이 벌어진 걸 알아차린 듯, 더 떠들썩하게 굴었다.

그로부터 일주일도 채 지나지 않아, 노턴의 모든 사람이 테오도라가 소설을 썼고, 그것이 《홈 서클》에 실리게 되었다는 사실을 알게 되었다. 일요일, 그녀가 교회 복도를 따라 걸어갈 때, 친구들은 기도서를 떨어뜨렸고, 흥분한 소프

라노 가수는 음을 틀렸다. 테오도라보다 훨씬 더 많은 용돈
을 받는 소녀들조차 그녀의 모자 스타일을 따라 하고, 말투
까지 흉내 냈다. 지역 신문에서는 그녀에게 시 한 편을 청
했고, 예전 선생님들은 그녀를 보면 어색하게 악수를 청하
며 축하의 말을 건넸다. 그리고 소피 브릴이 다시 찾아왔다.
이번에는 일요일 모자까지 차려입고, 태도도 한없이 공손했
다. 그녀는 조심스럽게 물었다. "글을 쓸 때 그냥 떠오르는
건가요?" "어떤 펜을 쓰느냐에 따라 차이가 있나요?" 그리고
마지막으로, 자신의 앨범에 간직할 짧은 메시지를 써 달라
고 부탁했다.

  제임스 삼촌도 보스턴에서 내려왔다. 그는 테오도라를 보
고 "얌전한 척하더니 앙큼한 계집애 같으니!" 하고 웃으며
말하더니, 자기가 하는 기름 필터 사업에 그 돈을 좀 투자해
보라고 슬쩍 권했다. "캐슬린 키드가 그러더라. 소설로 천
달러는 번다고 말이야." 그러고는 새로운 소설 소재까지 추
천했다. "이번에는 위생 문제를 다뤄보는 게 어떻겠니? 주
인공이 하수구 가스에 중독돼 죽을 뻔하는 이야기 말이야.
부모가 옆집에 사는 잘생긴 젊은 의사의 경고를 무시한 대
가로 벌어지는 사건이지!" "이런 건 누구나 관심을 가질 거
야. 감상적인 소설보다는 훨씬 더 사회적으로 유익하지 않

겠니?"

마침내, 그날이 왔다. 테오도라는 서점에 미리 주문해 둔
《홈 서클》 한여름 호를 받기 위해, 가게 문이 열리기도 전에
인도 위에 서서 기다렸다. 그리고 소중한 잡지를 손에 쥐자
마자, 단 한순간도 망설이지 않고 집으로 달려갔다. 너무 흥
분한 나머지, 아버지가 아침 식사를 하라고 부르는 소리조
차 들리지 않았다. 그녀는 곧장 위층으로 올라가 방문을 잠
그고, 손을 덜덜 떨며 페이지를 넘겼다. 그리고 마침내, 거
기 있었다. 〈4월의 소나기〉.

잡지가 그녀의 손에서 툭 떨어졌다. 방금 읽은 그 이름
은? 내가 잘못 본 걸까?

'4월의 소나기, 캐슬린 키드 지음'

캐슬린 키드? 무슨 끔찍한 오타란 말인가! 어떻게 이런
일이! 배신감에 북받쳐 오르는 눈물 너머로, 테오도라는 다
시 한 번 활자를 확인했다. 그 이름은 분명히 캐슬린 키드였
다. 그리고… 그녀의 시선은 아래로 미끄러졌다. 첫 문장을
읽었다. 한 번도 본 적 없는 문장이었다. 다음 문장도. 그다
음도. 모든 것이 낯설었다. 그리고 그 순간, 끔찍한 진실이
그녀를 덮쳐왔다. 이건 그녀의 이야기가 아니었다.

테오도라는 자신이 어떻게 기차역까지 왔는지도 알지 못

했다. 그녀는 플랫폼의 인파 속을 비틀거리며 헤쳐나갔다. 그러다 금빛 장식이 달린 팔 하나가 그녀를 밀어 넣었다. 막 출발하려는 노턴행 기차 안으로. 집에 도착할 즈음이면 이미 어둠이 내려앉겠지만, 이제 그런 건 아무래도 상관없었다. 그녀는 좌석 깊숙이 몸을 파묻고 눈을 감았다. 하지만 소용없는 일이었다. 지난 몇 시간의 기억이 머릿속에서 억지로 되살아났다. 마치 외우기 싫은 암송문을 강제로 끌려나가 다시 외우는 기분이었다.

보스턴이 익숙하진 않았지만, 테오도라는 어렵지 않게 《홈 서클》 건물에 도착했다. 아니, 최소한 그곳이 맞을 거라고 생각했다. 왜냐하면 그 순간까지의 기억이 전혀 없었기 때문이다. 어느새 그녀는 편집부로 가는 계단을 오르고 있었다. 마치 꿈속처럼, 믿기 힘든 일이 너무도 자연스럽게 흘러갔다. 아마 엄청난 속도로 걸었을 것이다. 심장은 터질 듯 뛰고 있었고, 거의 숨도 쉬지 못한 채 편집자의 이름을 속삭였다. 유리 칸막이 너머, 동물표본처럼 그녀를 바라보던 젊은 남자는 비슷한 유리 우리 속의 다른 '표본들'을 지나 그녀를 편집장이 있는 방으로 안내했다. 그 방은 거대한 존재감으로 가득한 공간이었다. 테오도라는 그 분위기에 완전히 압도되었다. 몸이 깊이 가라앉는 듯했고, 숨이 턱 막히며 자신이 작아지고 있다는 느낌만이 점점 더 또렷해졌다.

천천히, 단편적인 말들이 물 위로 떠오르듯 들려왔다. "〈4월의 소나기〉요? 캐슬린 키드 작가님의 신작을 말씀하시는 건가요? 그게 당신 원고라고요? 제게서 온 편지가 있다고요? 성함이 어떻게 되시죠? 잠시만요." 벨이 울리고, 누군가에게 금고를 열라는 말이 들렸다. 그리고 다시 그녀의 이름이 불렸다. 그녀의 원고. 줄리아 이모가 선물한 리본으로 곱게 묶은, 그녀의 소중한 원고가 테이블 위에 놓였다. 하지만 그녀의 항의, 분노, 질문은 점잖고 부드러운 사과의 말에 금세 삼켜져 버렸다. "정말 안타까운 실수였습니다. 하필 같은 날, 캐슬린 키드 작가님의 원고가 도착했거든요. 제목까지 똑같은 〈4월의 소나기〉였고요. 놀라운 우연이 겹쳐서, 잘못된 답장이 동시에 발송됐습니다. 데이스 양의 소설은 우리 잡지의 방향성과는 다소 맞지 않는 내용이라…. 원래는 반송되었어야 했는데, 착오가 생겼네요. 가끔 이런 일이 일어나기도 합니다. 이해해 주시겠죠?"

그 목소리는 마치 신경을 찌르는 고통 위에 조심스레 얹힌 외과의사의 손처럼, 차분하면서도 잔인하게 이어졌다. 그리고 어느 순간, 테오도라는 거리 위에 서 있었다. 택시가 그녀를 칠 뻔했고, 전차의 종소리가 귀를 찢듯 울려 퍼졌다.

그녀는 마치 다친 생명체를 안듯, 자신의 원고를 조심스럽게 품에 끌어안았다. 줄리아 이모의 리본에 묻은 잉크 얼룩, 그리고 가장자리가 때로 얼룩진 원고는 차마 똑바로 바라볼 수 없었다.

기차가 갑자기 멈춰 섰다. 그녀는 눈을 떴다. 어둠 속, 플랫폼 위에서 흔들리는 가스등 불빛 아래 노턴에 내리는 승객들의 모습이 하나둘 보였다. 몸이 굳은 채, 그녀도 그들을 따라 천천히 걸었다. 바깥 공기 속에서 따뜻한 바람이 살며시 불어왔다. 숲에서 풍겨오는 풀내음과 흙냄새가 그녀의 얼굴을 감쌌다. 그 순간, 두 달 전 마른 낙엽 위에 무릎을 꿇고, 새싹에 입을 맞췄던 기억이 떠올랐다. 그때 처음으로, '집'이라는 단어가 마음속에 스쳤다. 하지만 오늘 아침, 그녀는 아무 말도 남기지 않고 떠나왔다. 어머니가 얼마나 걱정하셨을까. 아버지는 분명 비웃으며 화를 내겠지. 그녀는 다가올 꾸짖음과 조롱을 피하려는 듯, 고개를 떨구었다.

그 순간, 어둠 속에서 손 하나가 조용히 그녀의 손을 잡았다. 테오도라는 놀라 멈춰 섰지만, 너무 지쳐 두려움을 느낄 힘조차 없었다. 곁에서 낮고 조용한 목소리가 들려왔다.

"그렇게 서둘러 걷지 않아도 돼. 많이 지쳐 보이는구나."

"아버지!" 그녀가 손을 빼내자, 아버지는 다시 그 손을 잡

고 조심스럽게 그녀의 팔을 끼었다. 테오도라는 떨리는 목
소리로 겨우 말을 이었다.

"기차역에 계셨던 거예요?"

"밤공기가 좋아서, 산책 삼아 내려와 봤지."

그녀의 팔이 그의 팔에 살짝 기대어 떨렸다.

얼굴은 보이지 않았지만, 어둠 속에서 아버지의 시계 불
빛이 다정한 눈처럼 반짝였다. 그녀는 용기를 내어 조심스
럽게 속삭였다.

"알고 계셨어요?"

"보스턴에 갔다는 거? 뭐, 대충 짐작은 했지."

잠시 후, 그가 덧붙였다.

"네 방에 《홈 서클》 잡지가 놓여 있더라."

그녀는 어둠에 감사했다. 얼마나 다행인지…. 그녀의 얼
굴에 작은 별빛이라도 닿았다면 그건 도저히 견딜 수 없었을
것이다.

"그럼… 어머니는 많이 걱정하지 않으셨어요?"

"아니, 별로. 버사 옷 수선하느라 종일 정신없더구나."

테오도라는 목이 메었다. "아버지, 저…" 무언가 말하려
했지만, 말이 자꾸 입술을 피해 달아났다. 그리고 갑자기,
자신도 모르게 터져 나왔다. "그게 다… 착오였어요! 제 소

설… 그들은 원하지 않았어요. 받아들여지지 않았어요!" 그녀는 아버지가 웃음을 터뜨릴까 봐, 반사적으로 한 발짝 물러섰다. 하지만 그의 손이 그녀의 팔을 더 단단히 감쌌다. 그리고 그는 아무 말도 하지 않았다. 그녀는 아버지가 속으로 얼마나 크게 웃고 있을지 상상할 수 있었다. 그들은 한동안 말없이 걸었다. 그리고 마침내, 아버지가 입을 열었다.

"처음엔… 좀 아프지?"

"아, 아버지….."

그는 걸음을 멈췄다. 시계에서 흘러나온 불빛이 어둠 속에서 그녀를 비췄다. 그녀는 예상하지 못한 공감의 말에 놀랐고, 마음 깊은 곳에서 무언가가 저릿하게 울렸다.

"나도 겪어봤으니까."

"아버지도요? 정말요?"

"그럼. 내가 대학을 졸업했을 때… 의사가 되긴 싫었거든. 아니, 난 그보다 더 큰 뭔가, 천재가 되고 싶었어. 그래서 소설을 썼지."

아버지는 말을 멈췄다. 테오도라는 말없이 그의 팔에 매달렸다. 마치 거센 파도 속에서, 살아 있는 손을 간신히 붙잡은 사람처럼.

"아버지….."

"일 년, 꼬박 일 년을 썼단다. 하지만 세상은 내 소설을 원하지 않았지. 그래서 네가 돌아올 즈음 기차역으로 나간 건… 그날, 혼자 돌아섰던 내 걸음을 아직도 잊지 않고 있었기 때문이란다."

질문하는 여자들

A Society

버지니아 울프(Adeline Virginia Woolf, 1882~1941)

영국 런던 출신. 내면의 흐름과 의식을 섬세하게 포착한 모더니즘 문학을 대표하는 작가
다. 《댈러웨이 부인》, 《등대로》, 《자기만의 방》 등에서 시간, 자아, 여성의 삶을 실험적으
로 탐구하며, 획일성에 반기를 들고 개인적 자유와 유미주의를 강조했다. 그녀의 작품은
여성주의, 독립성, 모더니즘을 강하게 반영하며 오늘날까지 독자에게 큰 영향을 끼친다.

—

일은 이렇게 시작되었다. 어느 날 오후, 차를 마시고 난 뒤 여섯이나 일곱 명쯤 되는 우리가 한데 모여 앉아 있었다. 몇몇은 거리 건너편 밀리너 숍의 창문을 멍하니 바라보고 있었다. 그 안에는 붉은 깃털과 금빛 슬리퍼가 조명을 받아 눈부시게 빛나고 있었다. 또 다른 이들은 찻잔 옆 쟁반 위에 설탕 조각을 하나씩 쌓으며 작은 탑을 만들고 있었다. 한참이 지나, 내 기억이 맞는다면 우리는 벽난로 앞에 둘러앉았고, 언제나처럼 남자들에 대한 찬사가 이어졌다. 그들은 얼마나 강하고, 고결하며, 빛나고, 용감하고, 또 얼마나 아름다운가! 그런 이들과 평생을 함께할 수 있는 행운을 얻은 여자들이 얼마나 부러운지! 바로 그때, 줄곧 말이 없던 폴이 갑자기 눈물을 터뜨렸다. 폴에 대해 말하자면, 그녀는 언제나 조금 엉뚱한 구석이 있는 아이였다. 그녀의 아버지도 꽤 특이한 사람이었고, 유산을 물려주는 대신 런던 도서관의 모든 책을 읽어야 한다는 조건을 유언장에 남겼다. 우리는 최선을 다해 그녀를 위로했지만, 마음속 깊은 곳에서는 알고 있었다. 그것이 얼마나 덧없는 위로인지. 우리는 폴을 좋아했지만, 그녀를 아름답다고 말할 수는 없었다. 신발 끈은 늘 풀어진 채였고, 우리가 남자들의 위대함을 찬양하고 있던 바로 그 순간에도 그녀는 속으로 이렇게 생각했을 것이다. 그 어떤 남자도 자신과 평생을 함께하고 싶어 하지 않을 거라고. 결국 그녀는 눈물을 닦으며 무언가 말을 꺼냈지만, 처음엔 그 의미를 알아들을 수 없었다. 그녀가 들려준 이야기는 꽤 이상했다. 그녀는 늘 그렇듯 런던 도서관에서 시간을 보냈는데, 가장 꼭대기 층의 영문학 서가에서 시작하여 맨 아래층에 놓인 〈타임스〉 신문 지면까지 차례로 읽어 내려가고 있었다고 했다. 그런데 겨우 절반쯤, 어쩌면 아직 4분의 1밖에 읽지 못했을 때, 끔찍한 사실을 깨달았다는 것이다. 더는 책을 읽을 수 없게 된 것이다. 책이 우리가 믿어온 그런 것이 아니라는 사실을 깨달았기 때문이다. 그녀는 벌떡 일어서서 외쳤다. 그 목소리엔, 내가 평생 잊지 못할 만큼 깊고 절절한 절망이 깃들어 있었다.

"책이라는 것들은, 대부분 말도 안 되게 형편없어!"

물론 우리 모두 소리쳤다. 셰익스피어도 책을 썼고, 밀턴도, 셸리도 썼잖아!

"그래, 다 알아. 너희는 훌륭하게 교육받았지."

그녀가 말을 가로막았다.

"하지만 너희는 런던 도서관 회원이 아니잖아."

바로 그 순간, 그녀는 울음이 터뜨렸다. 한참이 지나 조금 진정되자, 그녀는 언제나 들고 다니던 책 더미 중 하나를 꺼내 펼쳤다. 《창가에서》 혹은 《정원에서》 같은 제목이었고, 벤턴인지 헨슨인지 그런 이름의 남자가 쓴 책이었다. 그녀는 첫 몇 페이지를 읽었고, 우리는 조용히 귀를 기울였다.

"이건 책이 아니잖아."

누군가 중얼거렸다. 그래서 그녀는 다른 책을 꺼냈다. 이번엔 역사책이었지만, 저자의 이름은 기억나지 않았다. 그녀가 읽어 내려갈수록 우리는 점점 불안해졌다. 단 한 줄도 진실처럼 들리지 않았고, 문장은 참을 수 없을 만큼 형편없었다.

"시, 시를 읽어줘!"

우리가 다급하게 외치자, 그녀는 작은 시집을 펼쳤고, 그 안에 담긴 장황하고 감상적인 문장들을 읊기 시작했다. 그때 우리를 덮친 허무함은 차마 말로 다 표현할 수 없었다.

"그건 분명 여자 작가가 쓴 걸 거야."

우리 중 누군가가 말했다. 하지만 아니었다. 폴은 그것이 당시 가장 유명한 젊은 남성 시인이 쓴 시라고 했다. 그 충격이 얼마나 컸는지는 여러분의 상상에 맡기겠다. 우리는 울먹이며 제발 그만 읽어 달라고 애원했지만, 그녀는 멈추지 않았다. 이번에는 《대법관 열전》에서 몇 구절을 더 낭독했다. 마침내 낭독이 끝나고, 우리 중 가장 나이가 많고 가장 현명한 제인이 조용히 자리에서 일어나 말했다.

"나는 아직도 납득이 안 돼. 남자들이 이런 쓰레기 같은 글을 쓴다면, 우리 어머니들은 대체 왜 그들을 낳느라 인생을 바치신 걸까?"

우리 모두 아무 말도 하지 못했다. 그리고 그 침묵 속에서, 불쌍한 폴의 흐느낌이 들려왔다.

"왜요… 왜 아버지는 저한테 글을 읽게 하신 걸까요….."

가장 먼저 정신을 차린 사람은 클로린다였다.

"이건 전부 우리 잘못이에요,"

그녀가 말했다.

"우리 모두 글 읽는 법은 알고 있지만, 실제로 책을 읽어본 건 폴뿐이었죠. 예를 들면, 나는 여자는 젊은 시절을 아이 낳는 데 바쳐야 한다고 당연하게 생각해 왔어요. 열 명의 아이를 낳은 우리 어머니를 존경했고, 열다섯 명을 낳은 할머니는 더더욱 경외했죠. 솔직히 나도 스무 명쯤 낳는 걸 목표로 했어요. 우리는 남자들도 우리만큼이나 성실하고, 그들이 만든 것들도 마찬가지로 훌륭하다고 오랫동안 믿어왔어요. 우리가 세상을 아이로 채우는 동안, 그들은 책과 그림으로 세상을 채운다고 여긴 거예요. 우리는 사람을 낳았고, 그들은 문명을 만들었다고. 하지만 이제 우리가 책을 읽을 수 있게 되었잖아요. 그렇다면 그 결과물을 스스로 판단하지 못할 이유가 뭐가 있어요? 앞으로 다시는, 세상에 아이를 낳기 전에 이 세상이 어떤 곳인지부터 꼭 알아보자고 서로 다짐해야 해요."

그래서 우리는 질문을 던지기 위한 하나의 '모임'을 만들기로 했다. 한 사람은 군함에 가보기로 했고, 또 다른 사람은 학자의 서재에 숨어보기로 했으며, 또 한 명은 사업가들의 모임에 참석하기로 했다. 우리는 모두 책을 읽고, 그림을 보고, 음악회를 찾아가고, 거리에서도 눈을 부릅뜨고, 끊임없이 질문을 던지기로 했다. 우리는 너무도 어렸다. 그 순진함이 어느 정도였는지는, 그날 밤 헤어지기 전 우리가 "인생의 목적은 좋은 사람과 좋은 책을 만들어내는 것"이라고 진지하게 합의했다는 사실만으로도 짐작할 수 있을 것이다. 우리가 던질 모든 질문은, 남자들이 과연 이 목적을 얼마나 잘 이루고 있는지를 알아보기 위한 것이었다. 우리는 충분히 납득할 수 있을 때까지, 아이를 낳지 않기로 굳게 다짐했다.

그래서 우리는 각자의 자리로 흩어졌다. 어떤 이는 대영

박물관으로, 또 다른 이는 왕립 해군으로, 누구는 옥스퍼드로, 또 누구는 케임브리지로 떠났다. 우리는 왕립 미술관과 테이트 미술관을 방문했고, 연주회장에서 현대음악을 들었으며, 법정을 찾아가 재판을 지켜보았고, 새로 무대에 오른 연극도 보았다. 저녁 식사 자리에 나가게 되면, 식사 자리에 함께 앉은 남자에게 꼭 몇 가지 질문을 던지고, 그가 뭐라고 대답했는지를 꼼꼼히 기록했다. 그렇게 우리는 간간이 모여 서로의 관찰 결과를 공유했고, 그 모임은 언제나 유쾌하고 흥미진진했다. 내가 그렇게까지 웃어본 적이 또 있었을까 싶을 만큼 즐거웠던 날이 있었다. 그날 로즈는 '명예'에 관해 자신이 조사한 내용을 낭독해주었는데, 그녀는 자신이 에티오피아의 왕자 차림으로 군함에 잠입했던 이야기를 들려주었다. 그 사실이 들통나자, 마침 그녀가 신사로 변장하고 있을 때였는데, 격분한 함장이 직접 찾아왔다. 그는 반드시 명예를 회복해야 한다며 단호하게 요구했다.

"어떻게요?"

그녀가 물었다.

"어떻게라니! 당연히 회초리를 맞아야지!"

그가 고함쳤다. 완전히 흥분해 있었고, 그녀는 이게 정말 마지막 순간인가 싶어 조용히 몸을 숙였다. 그런데 뜻밖에도 그녀의 엉덩이에 떨어진 건 단 여섯 번, 가볍고 맥 빠진 회초리질이었다.

"좋아! 이로써 영국 해군의 명예는 회복되었소!"

그는 외쳤고, 얼굴엔 땀이 흘렀으며, 긴장한 듯 떨리는 손을 내밀어 악수를 청했다.

"됐어요, 물러서요."

그녀는 그의 표정을 흉내 내며 똑같이 근엄한 자세로 말했고, 덧붙였다.

"아직 제 명예는 회복되지 않았거든요."

"그야말로 신사다운 대답이군요!"

그는 감탄하며 한참을 골똘히 생각하더니 중얼거렸다.

"해군의 명예를 회초리 여섯 대로 씻을 수 있다면, 민간인의 명예는 몇 대면 될까?"

그는 그 문제를 동료 장교들과 논의해보고 싶다고 했지만, 그녀는 기다릴 수 없다며 단호히 말했다. 그의 얼굴엔 다시 존경이 어렸다.

"음, 잠깐만. 아버지가 마차를 가지고 계셨소?"

"아뇨."

"말은?"

"당나귀 한 마리는 있었어요. 잔디깎이를 끌었죠."

그의 표정이 밝아졌다.

"그럼 어머니 성함은···."

"그만해요! 제발, 어머니 이름은 꺼내지 말아요!"

그는 갑자기 겁에 질린 듯 얼굴을 붉히고 온몸을 떨었다. 한참이 지나서야 그녀가 그를 진정시키고 다시 입을 열게 할 수 있었다.

마침내 그는 중대한 결정을 내리듯 말했다.

"좋소. 당신의 증조할머니 삼촌께서 트라팔가 해전에서 전사하셨다는 점을 참작하여, 내가 정한 대로 등에 회초리 네 대 반을 맞으면 당신의 명예는 완전히 회복된 걸로 하겠소."

그녀는 그대로 따랐고, 이후 둘은 함께 식당에 가 와인 두 병을 마셨다. 그는 끝까지 자기가 계산하겠다고 고집했고, 결국 두 사람은 서로의 명예를 완전히 인정하며 영원한 우정을 약속하고 헤어졌다.

그리고 이번에는 패니가 법정을 방문한 경험을 들려주었다. 첫 번째 방문에서 그녀는 판사들이 나무로 만들어졌거나, 아니면 사람처럼 보이도록 훈련된 거대한 동물일지도 모른다는 결론을 내렸다. 그들은 지나치게 근엄하게 움직였고, 거의 몸을 쓰지 않으며 고개만 느릿하게 끄덕였기 때문이다. 그녀는 이 이론을 시험해 보기로 마음먹고, 재판 중 가장 긴박한 순간에 파리를 넣어 둔 손수건을 풀어놓았다. 하지만 파리의 윙윙거림은 졸음을 유발했고, 그녀는 깊은 잠에 빠졌다가 눈을 떠보니 죄수들이 지하 감방으로 끌려가는 장면만을 간신히 볼 수 있었다. 그녀가 가져온 증거를 바탕으로 우리는, 판사들을 인간이라고 가정하는 건 부당하다는 결론에 이르렀다.

헬렌은 왕립 미술관에 다녀왔다. 그림에 대한 보고를 부탁하자, 그녀는 연한 파란색 표지의 책을 꺼내 시 낭송을 시작했다.

"아, 사라진 손길의 감촉과 아직 들리는 목소리의 울림을 느낄 수 있다면."

"사냥꾼은 언덕에서 집으로 돌아오고, 고삐를 한 번 흔들었지."

"사랑은 달콤하고, 사랑은 짧고."

"봄, 아름다운 봄은 일 년 중 가장 반가운 왕이니."

"아, 지금 4월이 도착한 영국에 있다면 얼마나 좋을까."

"남자는 일하고 여자는 울어야 하고, 의무의 길은 곧 영광의 길…."

우리는 더는 이 횡설수설을 참을 수 없었다.

"그만, 시는 이제 됐어!" 하고 모두 외쳤다.

"영국의 딸들이여!" 하고 그녀가 힘주어 말하려 하자, 우리는 급히 그녀를 끌어내렸고, 그 과정에서 꽃병이 엎어지며 물이 그녀 위로 쏟아졌다.

"아, 잘됐네!"

그녀는 강아지처럼 온몸을 흔들며 물을 털었다.

"이제 카펫 위에서 뒹굴기라도 하면, 내 몸에 달라붙어 있던 영국식 권위 같은 건 좀 털어낼 수 있지 않겠어? 그러고 나면….."

그녀는 말을 마치기도 전에 실제로 바닥에 누워 카펫 위를 힘차게 굴렀다. 그리고 벌떡 일어나서는 곧바로 현대미술이 어떤 것인지 설명하려 했지만, 그때 카스타일라가 나서서 그녀를 멈춰 세우며 물었다.

"그림의 평균 크기는 얼마나 되나요?"

"글쎄, 가로는 2피트쯤, 세로는 2.5피트쯤 될 거야."

헬렌이 대답했고, 카스타일라는 곧바로 그 말을 받아 적었다.

헬렌의 보고가 끝난 뒤, 우리는 서로의 눈을 마주치지 않으려 애썼다. 그때 카스타일라가 자리에서 일어섰다.

"여러분이 원해서 지난주 나는 옥스브리지에 다녀왔어요.

청소부로 변장한 덕분에 여러 교수들의 방을 드나들 수 있었고, 그 경험을 이제 이야기해볼게요. 그런데… 어디서부터 말해야 할지 모르겠어요. 전부 너무 이상했거든요."

그녀는 말을 이었다.

"그 교수들은 넓은 잔디밭을 둘러싼 커다란 집에서 살고 있었어요. 각자 자기만의 방, 아니, 마치 감방처럼 고립된 공간에서 지냈죠. 그런데도 생활은 놀라울 만큼 편리하고 안락했어요. 버튼 하나만 누르면 모든 것이 해결됐고, 작은 등 하나만 켜면 필요한 일이 전부 처리됐죠. 서류는 말끔히 정돈되어 있었고, 책도 아주 많았어요. 아이도 동물도 보이지 않았죠. 고작 고양이 몇 마리와 나이 든 숫컷 방울새 한 마리가 있을 뿐이었어요. 그러다 문득 덜위치에 살던 이모가 떠올랐어요. 선인장을 무척 좋아하셨죠. 거실을 두 번이나 지나서야 나오는 온실에는 뜨거운 파이프 위로 작고 뾰족한 화분들이 줄지어 있었어요. 이모는 알로에가 백 년에 한 번 꽃을 피운다고 말씀하셨는데, 결국 꽃이 피는 모습을 보지 못하고 세상을 떠나셨죠…."

우리는 다시 본론으로 돌아가 달라고 재촉했다.

"그래요, 다시 이야기할게요."

그녀가 말을 이었다.

"홉킨 교수가 자리를 비운 틈을 타서, 그분의 평생 작업이라는 사포* 시집 주석판을 살펴봤어요. 참 이상한 책이었어요. 두께가 여섯이나 일곱 인치쯤 됐고, 대부분의 내용이 사포의 순결을 변호하는 글이었죠. 어떤 독일 학자가 그녀가 순결하지 않다고 주장했던 모양이에요. 그런데 그 두 학자가 그 문제를 두고 쏟아낸 열정과 지식, 그리고 어떤 물건의 쓰임을 두고 벌인 끝없는 논쟁은 정말 믿기 어려웠어요. 그 물건은 아무리 봐도 그냥 머리핀일 뿐이었어요. 그때 마침 홉킨 교수가 방으로 들어왔죠. 친절하고 온화한 노신사였지만, 그런 노인이 순결에 대해 뭘 알겠어요?"

우리는 그녀의 말을 잘못 이해했다.

"아니, 홉킨 교수를 비난하려던 게 아니고."

그녀는 손을 내저으며 고개를 저었다.

"홉킨 교수는 정말 품위 있는 신사셨어. 로즈가 만난 함장처럼 괴팍한 사람은 아니었지. 다만 그분을 보니 문득 이모가 키우던 선인장이 떠올랐어. 그 조용하고 딱딱한 식물이 순결에 대해 알 리 없듯이, 점잖고 나이 든 신사가 순결을 논하는 게 어딘가 부조화스럽게 느껴졌단 뜻이었어."

---

* **사포** 고대 그리스의 유명한 여성 시인. 사랑과 열정, 특히 여성에 대한 감정을 섬세하게 노래한 시들로 잘 알려져 있다.

우리는 다시 그녀에게 본론에서 벗어나지 말라고 말했다. 우리가 확인하려던 건 옥스브리지 교수들이 정말 '좋은 사람'과 '좋은 책'을 만들어내는 데 실질적으로 기여하고 있는지, 다시 말해 우리가 정한 삶의 목적을 제대로 이루고 있는지였다.

"바로 그거야!"

그녀가 외쳤다.

"그런 질문은 한 번도 해본 적이 없어. 사실 교수들이 무언가를 '만든다'는 생각 자체를 해본 적이 없거든."

수가 끼어들며 말했다

"어쩌면 네가 착각하고 있는 걸 수도 있어. 홉킨 교수가 정말로 사포의 순결을 지키겠다고 그 긴 책을 썼다고 생각하는 거야? 학자들은 원래 유쾌하고 창의적인 사람들이야. 가끔 술을 마신다고 해도 함께 있으면 즐겁고, 너그럽고, 섬세하고, 상상력도 풍부하지. 그 사람들은 평생 위대한 사람들이 쓴 책만 읽다보니, 어느새 자기 자신도 그런 사람이라고 생각하는 거지."

"음…."

카스탈리아가 생각에 잠긴 듯 중얼거렸다.

"그럼 다시 한번 가서 확인해 봐야겠네."

세 달쯤 지났을까, 내가 혼자 방에 앉아 있을 때 카스탈리아가 들어왔다. 그녀의 얼굴에는 말로 다 표현할 수 없는 감정이 어려 있었고, 나도 모르게 달려가 그녀를 끌어안았다. 그녀는 놀라울 만큼 아름다웠고, 얼굴엔 환한 기쁨이 번지고 있었다.

"너 정말 행복해 보여!"

내 말에 그녀는 자리에 앉으며 대답했다.

"옥스브리지에 다녀왔어."

"질문하러 간 거야?"

"아니, 이번엔 대답하러."

"혹시… 우리 맹세를 어긴 건 아니지?"

나는 조심스레 물으며 그녀의 몸매에서 미묘한 변화를 감지했다.

"아, 그 맹세."

그녀가 태연하게 말했다.

"아이를 가졌어. 그 말을 하려던 참이었어. 그런데 정말 믿을 수 없을 만큼 흥분되고, 아름답고, 만족스러운 경험이야."

"뭐가 그렇게?"

"그러니까… 질문에 답하는 일 말이야."

그녀가 머쓱하게 웃으며 말했다.

그녀는 그동안 있었던 일을 모두 들려주었다. 나는 그렇게 흥미롭고 벅찬 이야기를 들어본 적이 없었다. 그런데 이야기가 한창 무르익던 중, 그녀가 갑자기 이상한 소리를 지르며 벌떡 일어났다. 비명 같기도 하고, 누군가를 다급히 부르는 듯한 외침이었다.

"순결! 순결! 내 순결은 어디 있어? 누가 좀 도와줘! 향수병 좀 가져와 줘!"

그녀는 마치 기절하기 직전의 사람처럼 허둥거렸다. 당시엔 그런 상황에서 정신을 차리려고 코끝에 향수를 대곤 했으니까. 하지만 방 안 어디에도 향수는 없었고, 식탁 위에 놓인 건 오직 겨자 단지뿐이었다. 나는 급히 그 병을 집어 들었고, 그녀에게 건네주려던 찰나, 그녀는 어느새 스스로 진정하고 자리로 돌아왔다.

"그건 석 달 전에 생각했어야지."

내가 조금 날카롭게 말했다.

"맞아. 지금 후회한들 무슨 소용이 있겠어. 그런데 말이야, 우리 엄마가 나한테 '카스탈리아'* 같은 이름을 붙인 건, 참 아이러니하지 않아?"

* **카스탈리아** 그리스 신화에 나오는 샘의 요정. 순결과 시적 영감, 지성의 상징으로 여겨진다.

"아, 카스탈리아. 너희 어머니는….”

내가 뭔가 말을 잇기 전에, 그녀는 탁자 위의 겨자 단지를 집어 들었다.

"됐어, 그 얘긴 그만하자."

그녀가 고개를 저으며 말했다.

"네가 정말 순결한 여자였다면, 나를 보자마자 깜짝 놀라 소리부터 질렀겠지. 그런데 넌 망설이지도 않고 나를 안아 줬어. 그러니까, 카산드라*. 우리 둘 다 애초에 순결한 사람은 아닌 거야."

그녀는 쓸쓸하게 웃었고, 우리는 아무 일도 없었던 것처럼 다시 이야기를 이어갔다.

그 사이 방 안은 사람들로 가득 차기 시작했다. 오늘은 우리가 그동안 모은 관찰 결과를 공유하는 날이었다. 모두가 나처럼 카스탈리아를 다시 보게 된 것이 반가운 듯했다. 사람들은 그녀에게 다가가 인사를 건네며, 만나서 기쁘다고 말했다. 마침내 모두 자리에 앉자, 제인이 일어나 회의를 시작했다. 그녀는 지난 오 년 동안 우리가 질문을 던져 왔고, 그 결과는 아무래도 단정짓기 어려울 수 있다고 말했다. 그

---

* **카산드라** 그리스 신화에 나오는 트로이의 공주.
예언 능력을 가졌지만, 저주를 받아 진실을 말해도
늘 외면을 당하는 인물이다.

말을 듣는 순간, 옆에 앉아 있던 카스탈리아가 내 옆구리를 쿡 찌르며 속삭였다. "나는 꼭 그렇지만은 않은데."

그러더니 그녀가 벌떡 일어나 제인의 말을 끊고 말했다.

"그 전에 먼저 묻고 싶은 게 있어. 내가 이 방에 계속 있어도 괜찮을까? 왜냐하면…."

카스탈리아는 고백하듯 덧붙였다.

"저는 이제 순결하지 않은 여자가 되었거든."

모두가 놀란 눈빛으로 그녀를 바라보았다.

"아이를 가졌어?"

제인이 물었다.

카스탈리아는 조용히 고개를 끄덕였다.

사람들의 얼굴엔 놀람과 당혹스러움, 알 수 없는 감정들이 스쳐 지나갔다. 방 안엔 '불결', '아기', '카스탈리아' 같은 말들이 웅성거리며 흘러나왔다. 제인 역시 충격을 받은 듯했지만, 침착하게 우리에게 물었다.

"카스탈리아를 내보내야 할까? 정말 불결한 거야?"

그러자 방 안은 거리까지 울릴 듯한 외침으로 가득 찼다.

"아니, 절대 안 돼! 그냥 둬! 불결하다니, 말도 안 되는 소리야!"

하지만 나는 가장 어린 소녀들, 열아홉이나 스무 살쯤 되어

보이는 이들이 얼굴을 붉히며 몸을 움츠리는 모습을 눈치챘다. 그러고는 모두가 그녀 곁으로 다가가 질문을 쏟아냈고, 마침내 그중 가장 수줍어하던 아이가 조심스럽게 물었다.

"그럼 순결이란 게 뭔가요? 좋은 건가요? 나쁜 건가요? 아니면 아무 의미도 없는 건가요?"

카스탈리아는 아주 낮은 목소리로 대답했지만, 나는 그 말이 잘 들리지 않았다.

"난 정말 충격이었어. 적어도 십 분 동안은 아무 말도 못 했어."

다른 한 사람이 조용히 말했다.

"내 생각엔, 순결이라는 건 결국 무지일 뿐이야. 부끄럽기 짝이 없는 정신 상태지. 우리 모임엔 순결하지 않은 사람만 받아야 해. 나는 카스탈리아를 회장으로 뽑자고 제안할게."

런던 도서관에서 책만 읽느라 까칠해진 폴이 말했다.

하지만 이 말에 즉각 격렬한 반박이 쏟아졌다.

"여자에게 '순결하다'고 낙인찍는 것도, '순결하지 않다'고 낙인찍는 것도 다 똑같이 부당해."

폴이 이어서 말했다.

"기회가 없었던 사람들도 있잖아. 그리고 카스타일라 스스로도 그게 순전히 지식을 사랑해서 내린 선택이라고는 생각 안 할 거야."

"그는 스물하나고, 정말 신이 내린 것처럼 멋졌어."

카스탈리아가 황홀한 몸짓으로 거들었다.

"그럼 이렇게 하자고."

헬렌이 끼어들었다.

"앞으로 순결하네, 순결하지 않네 하는 이야기를 하려거든, 적어도 먼저 누군가와 사랑에 빠져 있기라도 해야 해."

"아, 제발 그 얘긴 그만 좀 하지."

과학 문제를 탐구해온 주디스가 못마땅하다는 듯 말했다.

"난 지금 사랑 얘기할 기분이 아니야. 다만 나는 매춘부의 수를 줄이고, 미혼 여성들이 법적 지원을 받아 아이를 가질 수 있도록 하는 내 계획에 대해 말하고 싶을 뿐이야."

주디스는 자신이 구상한 발명품에 관해 설명하기 시작했다. 그것은 지하철역이나 다른 공공장소에 설치 가능한 장치였는데, 소정의 비용을 내면 국민들의 건강을 보호하고, 남자들의 욕구도 만족시키며, 여자들을 해방시킬 수 있다고 말했다. 또한 그녀는 미래의 대법관이나 시인, 화가, 음악가의 유전자를 밀봉된 튜브에 보관하여 우수한 혈통이 사라지지 않도록 할 방법까지 생각해 두었다고 했다. 물론, 아직 그런 인재들이 완전히 사라지지 않았으며, 여성들이 계속해서 아이를 낳고자 할 경우를 전제로 한 이야기였다.

"물론 우리는 아이를 낳고 싶어!"

카스탈리아가 참지 못하고 외쳤다. 그러자 제인이 탁자를 치며 말했다.

"그게 바로 우리가 이 자리에 모인 이유야. 지난 오 년 동안 우리는 인간이라는 종족을 계속 이어가는 일이 과연 정당한가를 고민해 왔어. 카스탈리아는 우리보다 먼저 결정을 내렸지만, 나머지 우리는 지금 그 답을 내려야 해."

그때부터 하나둘 일어나 보고하기 시작했다. 문명이 이룩한 성과는 우리가 상상했던 것보다 훨씬 더 놀라웠다. 인간이 하늘을 날고, 멀리 떨어진 곳과 대화를 나누고, 원자의 중심을 파헤치며, 우주 전체를 생각 속에 담아낼 수 있다는 걸 처음 들었을 때, 우리 모두 절로 감탄을 터뜨릴 수밖에 없었다.

"우리 어머니들이 이런 위대한 목적을 위해 젊음을 바쳤다는 것이 우리는 자랑스러워."

우리 모두 목소리를 높였다. 그중에서도 카스탈리아는 누구보다 깊은 눈빛으로 경청했고, 얼굴에는 자부심이 가득했다. 그때 제인이 일러주었다. 우리가 아직 배워야 할 것이 많다고. 그러자 카스탈리아는 서둘러야 한다며 우리를 재촉했다. 그래서 우리는 다시 방대한 통계의 미로 속으로 들어갔다. 영국에는 수천만 명의 인구가 살고 있으며, 그중 많은 사람이 늘 굶주리거나 감옥에 있다는 것. 노동자 가정의 평균 자녀 수가 얼마인지, 출산과 관련된 병으로 사망하는 여성의 비율이 얼마나 높은지, 또 공장과 가게, 빈민가와 부두를 방문한 기록들이 차례로 낭독되었다. 증권거래소와 도시의 대기업, 정부 부처에 대한 보고도 이어졌다. 이어서 대영제국의 식민지 문제로 화제가 넘어갔다. 우리가 인도와 아프리카, 아일랜드에서 어떻게 통치하고 있는지에 대한 보고도 있었다. 나는 카스탈리아 옆에 앉아 있었고, 그녀가 점점 안절부절못하는 기색을 보였다.

"이런 식으로는 도무지 결론이 안 나겠어."

그녀가 말했다.

"문명이 우리가 생각한 것보다 훨씬 더 복잡한 것 같아. 그렇다면 애초에 던졌던 질문으로 돌아가는 게 낫지 않을까? 우리는 삶의 목적이 '좋은 사람'과 '좋은 책'을 만드는 것이라고 합의했잖아. 그런데 지금까지는 비행기, 공장, 돈 같은 이야기만 해 왔어. 이제는 사람 그 자체, 그리고 그들이 만들어낸 예술에 대해 이야기해야 해. 그게 바로 우리가 정말 알고 싶은 핵심이잖아."

그래서 외부 조사를 맡았던 이들이 앞으로 나섰다. 그들은 오랫동안 고민해서 준비한 질문들에 대한 답을 적은 긴 쪽지를 들고 있었다. 우리는 '좋은 사람'이란 적어도 정직하고, 열정적이며, 세속적인 욕심이 없어야 한다고 정의했지만, 누가 그런 자질을 지녔는지를 확인하려면 직접 질문을 던져야 했다. 그리고 그 질문들은 종종 본론과는 거리가 먼 곳에서 시작되곤 했다. "켄싱턴은 살기 좋은가요?" "아드님은 어디서 교육받고 있나요? 따님은요?" "지금 피우시는 담배는 얼마짜리인가요?" "조셉 경은 남작인가요, 아니면 그냥 기사인가요?" 언뜻 보기에 별 뜻 없어 보이는 질문들이 오히려 핵심을 찌르는 경우가 많았고, 우리는 그런 우회적인 질문을 통해서 더 많은 것을 알아낼 수 있었다.

"내가 작위를 받은 건, 아내가 원했기 때문이오."

벙컴 경이 말했다. 얼마나 많은 작위가 그런 식으로 수락되었는지는 이제 기억나지 않는다.

"나는 하루 스물네 시간 중 열다섯 시간을 일하오."

흥분한 채 이렇게 말문을 여는 전문직 남자들도 있었다.

"책도 안 읽고, 글도 안 쓰시잖아요. 그런데 그렇게까지 열심히 일하시는 이유가 뭔가요?"

"이보세요, 아가씨, 자꾸만 식구가 늘어나니까요."

"왜 식구가 자꾸 늘어나죠?"

그건 아내들의 바람 때문이기도 했고, 어쩌면 대영제국 때문일 수도 있었다. 하지만 무엇보다 더 인상 깊었던 것은 바로 '대답을 회피하는 태도'였다. 도덕이나 종교에 관한 질문에는 거의 아무도 대답하지 않았고, 응답이 있더라도 진지하지 않았다.돈과 권력의 가치에 대한 질문에는 거의 항상 얼버무렸고, 질문을 계속 파고들다 보면, 되레 질문한 사람이 곤란해질 수도 있었다. 질은 이렇게 말했다.

"내가 확신하는 건, 내가 자본주의에 대해 질문했을 때 하틀리 라이트부츠 경이 양고기를 썰고 있지 않았다면, 진심으로 내 목을 쳤을 거야. 우리가 그동안 무사했던 건, 남자들이 한편으로는 배가 고프면서도 한편으로는 기사도 정신에 묶여 있었기 때문이지. 그리고 무엇보다, 우리를 너무 하찮게 여겨서 우리가 무슨 말을 하든 진지하게 듣지 않았던 거야."

"그야 물론 남자들이 우리를 업신여기지."

엘리너가 말했다.

"그럼 이건 어떻게 설명할래? 내가 돌아다니며 예술가들을 조사해 봤거든. 여성 예술가는 정말 한 명도 없었어. 안 그래, 폴?"

"제인 오스틴! 샬럿 브론테! 조지 엘리엇!"

폴이 소리쳤다. 마치 골목에서 머핀을 파는 행상처럼.

"또 그 여자들 얘기야?"

누군가 지겨운 듯 중얼거렸다.

"정말 질리지도 않나 봐."

"사포 이후로 일류 여성 작가는 없었다고."

엘리너가 한 주간지의 문장을 인용하려 했다.

"근데 이제 다들 알잖아. 사포라는 인물도 결국, 홉킨 교수가 머릿속에서 만들어낸, 살짝 외설적인 상상 속 인물이란 거."

루스가 끼어들며 말을 잘랐다.

"어쨌든, 여자는 지금까지 글을 쓴 적이 없었고, 앞으로도 쓸 가능성이 없다고 생각하는 거지. 그런데 작가들 사이에 있으면, 그들은 자기 책 얘기만 계속해. 그러면 내가 말해주지. '걸작입니다!' '셰익스피어 뺨치네요!' (그냥 뭐라도 말해야 하니까.) 그러면 그들은 정말로 그 말을 믿어."

엘리너가 말했다.

"그게 뭐 어쨌다는 거야?"

제인이 물었다.

"남자들 다 그렇잖아. 하지만 그게 우리한테는 별로 도움이 안 되는 것 같아."

그녀는 한숨을 쉬며 덧붙였다.

"이제는 현대문학을 살펴보는 게 좋겠어. 엘리자베스, 당신 차례야."

엘리자베스가 일어나 말했다.

"조사를 위해 남장하고 비평가인 척했어. 지난 오 년 동안 나온 새 책들을 꽤 부지런히 읽었어. 웰스 씨가 가장 인기 있는 작가고, 그다음은 아놀드 베넷, 그다음은 콤프턴 매켄지, 맥케나 씨와 월폴 씨는 비슷한 정도야."

그러고는 자리에 앉았다.

"그게 다야?" 우리가 반문하며 한마디씩 했다.

"혹시 그 말은, 이 사람들이 제인 오스틴이나 조지 엘리엇보다 훨씬 뛰어나고, 이제 영국 소설은 '그들의 손에 있으니 안심'이라는 건가?"

"안전해, 아주 안전하지."

그녀는 불안한 듯 안절부절못하며 말했다.

"그리고 분명한 건, 그들은 받는 것보다 훨씬 더 많은 것을 남들에게 준다는 거야."

우리 모두 그 말에는 동의했다.

"하지만, 그 사람들이 좋은 책을 쓴다고 할 수 있어?"

우리가 물었다.

"좋은 책?"

그녀는 천장을 올려다보며 대답했다.

"소설은 삶을 비추는 거울이야. 물론 교육적인 면에서도 중요하고. 예를 들어 브라이튼에서 밤늦게 혼자 남았는데 어디서 묵어야 할지 모른다면 얼마나 곤란하겠어? 또 비 오는 일요일 저녁이라면 영화관에 가는 게 가장 좋은 선택 아니겠어?"

"그게 도대체 무슨 상관이야?"

우리가 물었다.

"아무 상관도 없어. 전혀 없지."

그녀가 대답했다.

"그렇다면 진실을 말해봐."

우리가 다그쳤다.

"진실? 이건 정말 근사하지 않니?"

그녀는 재빨리 말을 돌렸다.

"치터 씨는 지난 삼십 년 동안 '사랑'이나 '따끈한 버터 토스트'에 관한 글을 써 왔고, 그 덕분에 아들들을 모두 이튼 칼리지에 보냈잖아."

"진실을 말하라고!"

우리가 다시 소리쳤다.

"진실이라…."

그녀는 잠시 뜸을 들이다 입을 열었다.

"진실은 문학과 아무 상관이 없어."

그러고는 자리에 앉아 더는 아무 말도 하지 않았다.

우리 모두는 뭔가 결론을 얻지 못했다는 느낌이 들었다.

"자, 이제 우리가 얻은 결과를 정리해 보자."

제인이 막 입을 여는 순간, 오랫동안 열려 있던 창문 너머로 들려오는 웅성거림이 그녀의 목소리를 삼켜버렸다.

"전쟁이다, 전쟁! 선전포고다!"

남자들의 외침이 거리에서 울려 퍼졌다.

우리는 공포에 질려 서로를 마주 보았다.

"전쟁이라니? 대체 무슨 전쟁?"

우리가 소리쳤다. 그리고 그제야 우리는 깨달았다. 하원 의회에 누군가를 보내는 문제를 전혀 생각하지 않았다는 사실을. 완전히 잊고 있었던 것이다. 우리는 런던 도서관 역사 서가에서 빌려온 책을 읽고 있던 폴에게 몸을 돌려 물었다.

"왜? 도대체 남자들은 왜 전쟁을 하는 거지?"

"이유야 가지가지지."

폴이 침착하게 대답했다.

"이를테면 1760년에는….."

하지만 그녀의 말은 거리에서 울려 퍼지는 외침에 묻혀 버렸다.

"1797년에도 있었고, 1804년에도 있었지. 1866년엔 오스트리아였고, 1870년엔 프랑스와 프로이센 전쟁이었고, 또 1900년에는….."

"하지만 지금은 1914년이잖아!"

우리는 더 이상 참지 못하고 그녀의 말을 끊어버렸다.

"아, 지금 왜 전쟁을 하는지는 모르겠어."

그녀는 솔직하게 인정했다.

*

전쟁이 끝나고 평화 조약이 체결되고 있었다. 나는 우리가 늘 모이던 그 방에 카스탈리아와 함께 앉았다. 우리는 옛날 회의록을 별생각 없이 넘기며 시간을 보내고 있었다.

"기분이 참 이상해, 우리가 오 년 전에 무슨 생각을 했었는지 다시 보게 되다니."

내가 중얼거렸다.

"우리는 이렇게 결론지었지. 삶의 목적은 좋은 사람들과 좋은 책을 만들어내는 것이다."

카스탈리아가 내 어깨 너머로 들여다보며 읽었다. 우리는 그 문장에 더는 아무 말도 하지 않았다.

"훌륭한 남자는 적어도 정직하고, 열정적이고, 세속적이지 않아야 하고?"

내가 혼잣말처럼 말했다.

"정말이지, 딱 여자들이 쓸 법한 표현이네."

"아, 이런."

카스탈리아는 가벼운 한숨과 함께 책을 밀어냈다.

"우린 정말 바보였어! 다 폴의 아버지 탓이야. 그 괴상한 유언장 말이야. 폴더러 런던 도서관의 책을 모조리 읽게 만들다니. 일부러 그런 게 분명해. 우리가 애초에 글을 배우지만 않았어도…."

그녀는 씁쓸하게 중얼거렸다.

"그럼 우린 여전히 아무것도 모른 채 아이만 낳으며 살고 있었겠지. 그리고 그게 가장 행복한 삶이었을지도 몰라. 무슨 말을 하려는지 알아."

그녀가 내 말을 막으며 말했다.

"아이를 낳아서 전쟁터에 보내야 한다는 게 얼마나 끔찍한지 말하려는 거겠지. 하지만 우리 어머니들도, 그 어머니들도, 또 그 위의 어머니들도 모두 똑같은 일을 했어. 그런데 아무도 불평하지 않았어. 글을 몰랐으니까. 나도 최선을 다했어. 우리 딸만큼은 절대로 글을 배우지 않게 하려고 말이야. 하지만 결국 소용없더라. 어제만 해도 앤이 신문을 들고 질문을 퍼붓기 시작했어. '엄마, 이게 정말이에요?' 다음엔 로이드 조지가 좋은 사람이냐고 묻겠지. 그다음엔 아널드 베넷이 훌륭한 소설가냐고 할 테고, 결국엔 내가 신을 믿느냐고까지 묻겠지. 대체 어떻게 내 딸에게 아무것도 믿지 말라고 가르칠 수 있겠니?"

그녀가 절박한 목소리로 물었다.

"그 아이에게 이렇게 가르쳐보면 어때? 남자의 지성은 원래부터 여자보다 우월하다고, 영원히 변하지 않을 거라고 말이야."

내가 농담처럼 제안했다. 그녀는 눈빛을 반짝이며 다시 회의록을 뒤적이기 시작했다.

"맞아, 남자들이 이룬 위대한 발견들, 수학, 과학, 철학, 그 모든 학문을 생각해야지."

그녀는 거기까지 말하더니 갑자기 웃음을 터뜨렸다.

"홉킨 교수랑 그 머리핀 사건은 평생 잊지 못할 거야."

그녀는 계속 웃으면서 회의록을 읽었고, 나는 그녀가 진심으로 행복해 보인다고 생각했다. 그런데 갑자기 그녀가 책을 탁 덮으며 외쳤다.

"오, 카산드라, 왜 날 괴롭히는 거야? 남자의 지성이 우월하다는 믿음이야말로 우리가 가진 생각 중 가장 바보 같은 거라는 걸 정말 모르겠니?"

"무슨 소리야? 기자든 교사든 정치가든 술집주인이든 누구한테 물어봐도 남자가 여자보다 훨씬 똑똑하다고 말할걸."

"내가 그걸 몰라서 그래?"

그녀가 조소 섞인 목소리로 말했다.

"남자들이 똑똑하지 않은 게 오히려 이상하지 않겠어? 우리가 태초부터 그들을 낳고, 먹이고, 편히 쉬게 하며 길러왔잖아. 그들이 지금처럼 똑똑해진 건 전적으로 우리 덕분이야!"

그녀는 힘주어 말했다.

"우리는 남자들이 지성을 갖추길 바랐고, 이제 그 결과를 마주하고 있는 거야. 하지만 진짜 문제는, 바로 그 지성 자체라는 거지."

그녀는 말을 이어 나갔다.

"지성을 갖추기 전의 소년만큼 매력적인 존재가 또 있을까? 아름답고, 잘난 체하지 않고, 예술과 문학을 본능적으로 이해하며 삶을 즐길 줄 알고 남을 즐겁게 해주는 그런 존재 말이야. 그런데 그 아이가 지성을 갖기 시작하면 어떻게 되지? 변호사나 공무원, 장군이나 작가, 교수 같은 사람이 되어버려. 매일 사무실에 출근하고, 매년 책 한 권씩을 써내며, 오직 두뇌만으로 가족 전체를 책임지지. 정말 가엾은 존재가 되어버리는 거야. 결국 그들은 모든 여자를 내려다보게 되고, 자기 아내에게조차 진심을 털어놓지 못하게 돼. 예전엔 그들의 얼굴만 봐도 좋았는데, 이제는 그들을 껴안으려면 눈을 감아야 하는 지경이 되어버렸어. 물론 남자들은 스스로를 위로하지. 온갖 모양의 훈장, 화려한 리본, 엄청난 액수의 수입 같은 것들로 말이야. 하지만 우리는? 우리는 대체 무엇으로 위로받아야 하지? 앞으로 십 년쯤 참으면 라호르에 주말여행이라도 갈 수 있게 되는 걸로? 아니면 일본의 아주 작은 곤충 이름이 그 몸 길이보다 두 배나 길다는 사실을 알게 되는 걸로 만족해야 할까? 오, 카산드라, 제발 우리가 남자들도 아이를 낳을 수 있게 하는 방법을 연구해보자. 그것만이 유일한 희망이야. 우리가 그들에게 무해한 일거리를 찾아주지 못한다면, 우리는 결국 좋은 사람도 좋은 책도 얻지 못할 거고, 그들의 통제 불가능한 활동이 낳은 결과물에 깔려 죽고 말 거야. 그러면 결국 셰익스피어가 한때 존재했다는 사실조차 아무도 기억하지 못하게 되겠지."

"이미 너무 늦었어. 지금 있는 우리 아이들도 제대로 돌보지 못하는걸."

"그런데도 나보고 지성을 믿으라니."

그녀가 말했다.

우리가 이야기를 나누는 동안, 거리에서는 남자들의 쉰 목소리가 지친 듯 외치고 있었다. 귀를 기울이자 평화조약이 방금 체결되었다는 소식이 들려왔다. 외침은 점점 멀어졌고, 빗소리는 불꽃조차 제대로 터뜨리지 못하게 가로막았다.

"우리 집 요리사가 분명 〈이브닝 뉴스〉를 사 왔을 거야. 앤은 지금쯤 차를 마시면서 철자를 하나하나 짚어가며 신문을 읽고 있겠지. 이제 가봐야겠어."

카스탈리아가 말했다.

"소용없어. 정말 아무 소용도 없어. 그 아이가 이미 글을 읽기 시작한 이상, 우리가 가르칠 수 있는 건 딱 하나뿐이야. 자기 자신을 믿는 법이지."

내가 말했다.

"그래, 그것만으로도 충분히 의미 있는 변화가 되겠지."

카스탈리아가 한숨처럼 말했다.

그렇게 우리는 조용히 모임의 회의록을 정리했다. 앤은 아직도 인형을 가지고 천진난만하게 놀고 있었다. 우리는 그런 앤에게 진지한 표정으로 그 모든 기록을 건네며, 앞으로 이 모임의 대표가 될 거라고 말했다. 그 말에 앤은 갑자기 울음을 터뜨리고 말았다. 오, 가여운 소녀여.

약혼

Die Verlobung

헤르만 헤세(Hermann Karl Hesse, 1877~1962)

독일 남부 출신. 인간 내면의 성장과 정신적 자아 탐구를 그린 작품으로 널리 사랑받는 작가다. 《데미안》, 《싯다르타》, 《유리알 유희》 등에서 동서양 사상을 융합하며 삶의 본질을 탐색했다. 시적이고 철학적인 문체는 세대를 넘어 깊은 울림을 준다. 1946년 노벨 문학상을 수상하며 세계 문학사에 뚜렷한 자취를 남겼다.

—

히르셴 골목에는 아담한 수예점이 하나 있다. 주변의 다른 가게들과 마찬가지로, 새 시대의 변화에 휩쓸리지 않고 오랫동안 꿋꿋이 제자리를 지켜온 곳이다. 드나드는 손님도 적지 않다. 가게 문을 나서는 손님들에게는 으레 "다시 찾아 주시면 영광이겠습니다."라는 인사가 건네진다. 이십 년 넘게 단골로 지낸 손님들도 예외 없이 같은 인사를 받는다. 나이 든 여자 손님 두셋이 와서 리본 끈이나 레이스 천을 엘레* 단위로 끊어달라고 하면, 이곳에서는 아직도 기꺼이 엘레 단위로 원단을 잘라 준다. 주인집 딸과 여성 점원 한 사람이 손님을 응대하고, 주인장도 하루 종일 가게를 지키기는 하지만, 묵묵히 일만 할 뿐이다. 이제 일흔 줄에 접어들었으려나? 주인장은 아주 작은 체구에, 뺨은 보기 좋게 발그레하다. 하얗게 센 수염을 짧게 다듬었고, 오래전에 벗겨진 머리에는 늘 꽃과 물결 무늬가 정교하게 수놓인 빳빳하고 둥근 모자를 쓴다. 주인장의 이름은 안드레아스 온겔트. 이 도시에서 나고 자란 영예로운 노시민이다.

* **엘레** 독일 옛날 길이 단위. 1엘레는 약 66센티미터이다.

작은 키에 말수가 적은 그는 겉보기에 그리 특별해 보이지 않는다. 몇십 년째 한결같은 모습이라 더 이상 늙지도 않는 듯하다. 지금보다 더 젊었던 시절이 과연 있었을까 싶을 정도다. 하지만 천만에. 안드레아스 온겔트에게도 젊었을 때가 있었다. 나이 많은 이들에게 물어보면, 그는 한때 '꼬맹이 온겔트'라 불렸고, 본의 아니게 유명세를 누렸다는 이야기를 들을 수 있다. 그는 삼십오 년 전, 당시 게르버자우 사람이라면 누구나 아는 '사건'의 주인공이기도 했다. 지금은 아무도 더 이상 그 이야기를 하지 않고, 또 궁금해하지도 않지만 말이다. 그것은 그의 약혼에 얽힌 이야기다.

안드레아스는 학교에 다닐 때부터 말수가 적었고, 아이들과 어울려 다니는 것을 좋아하지 않았다. 어디를 가든 겉도는 존재가 된 듯한 기분이었고, 모두가 자신을 힐끔거리며 쳐다보는 것만 같았다. 겁이 많고 유순한 성격이라 누구에게든 무조건 양보하고 져주었다. 선생님들에겐 무한한 존경심을, 동년배들에겐 경탄 섞인 두려움을 느꼈다. 골목이나 놀이터에서 노는 모습은 좀처럼 볼 수 없었다. 강에서 수영하는 일도 드물었고, 겨울이면 어떤 아이가 눈을 한 움큼 집어 드는 것만 봐도 움찔하며 몸을 웅크리곤 했다. 대신 그는 집에서 놀았다. 꼼지락거리며 누나들이 물려준 인형을 가지고 놀거나 소꿉놀이를 즐겼다. 가게 놀이를 하면서 장난감 저울에 밀가루, 소금, 모래를 올려 무게를 달고, 작은 봉투에 포장한 뒤 물물교환을 했다. 그러곤 봉투를 비우고 다시 포장해 무게를 달곤 했다. 또한 어머니를 도와 소소한 집안일을 하고 심부름을 다녔으며, 텃밭에서 채소를 갉아먹는 달팽이를 잡기도 했다.

학교 친구들은 곧잘 그를 괴롭히고 놀렸지만, 안드레아스는 한 번도 화를 내거나 노여움을 타지 않았다. 덕분에 전반적으로 무던하고 큰 탈 없는 나날을 보냈다. 또래들과는 나누지 못한 우정과 감정적 교류를 인형들과 나누었다. 그는 늦둥이로 태어나 아버지를 일찍 여의었다. 어머니는 늦둥이 아들이 조금 다른 모습으로 자라주기를 바랐을지도 모르지만, 그럼에도 순하고 정 많은 아들이 안쓰러워, 있는 그대로 품어주었다.

하지만 그럭저럭 무던하게 지내던 생활도, 안드레아스가 학교를 졸업하고 윗동네 시장에 있는 디를람 가게에서 수습 기간을 마친 뒤로는 많이 달라졌다. 열일곱 살쯤 되자, 그의 애정이 새로운 대상으로 향하기 시작한 것이다. 여전히 키가 작고 수줍음이 많았던 안드레아스는 점점 휘둥그레진 눈으로 아가씨들을 바라보기 시작했고, 마음속에 여자들에 대한 사랑의 제단을 쌓아갔다. 짝사랑의 슬픔이 깊어질수록, 제단의 불꽃은 더욱 맹렬하게 타올랐다.

다양한 연령대의 아가씨들과을 마주할 기회는 얼마든지 있었다. 수습 기간을 마치고 고모의 수예점에서 일하게 되었기 때문이다. 안드레아스는 훗날 이 가게를 물려받게 될 터였다. 수예점에는 매일같이 아이들과 여학생들, 젊은 처녀들과 노처녀들, 하녀들과 부인들이 들락거렸다. 그들은 리본 끈과 린넨을 뒤적이고, 레이스 장식이나 자수본을 고르며, "이게 좋네." "저건 별로야." 하고 칭찬과 타박을 주고받았다. 가격을 흥정하고 조언을 구한 뒤, 결국 조언과는 상관없이 물건을 구매했다가 다시 교환하러 오기도 했다. 안드레아스는 이 모든 일을 예의 바르고 수줍은 태도로 응대했다. 서랍을 여닫고, 사다리를 오르내리며, 물건을 꺼내 보여 주었다가 다시 집어넣고, 주문을 받아 적고, 가격을 알려 주었다. 그리고 여드레가 멀다 하고 이 아가씨를 좋아했다가 저 아가씨를 좋아했다가를 반복했다. 얼굴을 붉힌 채 레이스와 털실을 권하고, 떨리는 손으로 영수증을 써 주었으며, 예쁜 아가씨가 도도하게 가게 문을 나설 때면 콩닥대는 가슴을 안고 문을 붙잡아주며 "다시 찾아주시면 영광이겠습니다."라는 예스러운 인사를 건넸다.

예쁜 아가씨들의 눈에 들고 호감을 사기 위해, 안드레아스는 세련되고 세심한 예의범절을 몸에 익혔다. 아침이면 밝은 금발 머리를 정성껏 손질했고, 옷과 속옷의 청결에 신경 썼으며, 서서히 돋아나기 시작한 콧수염이 빨리 자라기를 애타게 고대했다. 손님들을 맞이할 때는 우아하게 몸을 굽혀 인사했고, 직물을 내보일 때는 왼손 손등을 테이블에 괴고 한쪽 발꿈치를 살짝 들어 올리는 자세를 취했다. 미소의 대가가 되어, 은은한 미소부터 만면에 행복이 번지는 환한 웃음까지 자유자재로 구사했다. 새로운 미사여구를 익히려 노력하기도 했다. 대부분 부사로 이루어진 표현이었는데, 그는 늘 새롭고 고상한 느낌을 주는 부사를 연습하고 직접 고안해 내기도 했다. 원래 말주변이 없고 소심해서, 주어와 술어를 모두 갖춘 완전한 문장을 말하는 일이 드물었던 그는, 이제 이런 특별한 어휘들에 의지해 의미 전달이나 의사소통을 아예 포기한 채, 그저 말을 멋들어지게 꾸미는 데 주력했다.

누군가가 "오늘은 정말 날씨가 좋네요."라고 말하면, 안드레아스는 "확실히 — 네에 — 물론 그렇기는 한데 — 다만 —" 이런 식으로 답하곤 했다. 손님이 이 린넨이 해지지 않고 오래 가겠느냐고 묻으면, 그는 "오, 부디. 네, 의심할 바 없이, 그렇다고들 이야기하는 바."라고 답했다. 누군가가 안부를 물으면 "삼가 감사드리고 ― 물론 별고는 없이 ― 아주 유쾌하게."라고 했다. 특별히 중요하거나 격식을 차려야 하는 상황에서는 "그럼에도 불구하고", "그러나 여하튼 간에", "여간해서는 별 이견 없이."라는 말들을 아끼지 않았다. 이런 말을 할 때면, 우아하게 숙인 머리끝에서 까딱거리는 발끝까지 온몸에서 공손함과 관심, 그리고 진심이 묻어났다. 그중에서도 가장 표현력이 돋보이는 부위는 비교적 기다란 목이었다. 안드레아스의 목은 가늘고 힘줄이 도드라져 있었으며, 목젖은 유난히 크고 잘 움직였다. 그래서 마디마디 끊어 말을 할 때면, 마치 몸의 3분의 1이 후두로 이루어진 듯한 인상을 주었다.

자연이 나누어준 선물은 결코 무의미하지 않은 법. 목이 저렇게 훌륭해 보이는데 말솜씨가 별로 없는 것이 부조화처럼 보일 수도 있다. 하지만 사실 그의 목은 달변의 도구라기보다, 오히려 정열적인 가수의 소유물이자 상징물로 더없이 어울리는 것이었다. 안드레아스는 노래를 좋아했다. 아무리 그럴듯하게 상품에 대한 찬사를 늘어놓고, 상인의 세련된 몸짓을 하고, 고상한 미사여구를 구사할 때조차도, 노래

할 때만큼 영혼 깊숙이 마음이 사르르 녹는 순간은 없었다. 이런 재능은 학창 시절에는 드러나지 않았지만, 변성기가 마무리되면서 점점 꽃을 피우기 시작했다. 물론 아무도 모르게 그렇게 된 것이었지만 말이다. 온켈트는 무척이나 내성적인 성격이었으므로, 이런 은밀한 즐거움과 기예를 꼭꼭 숨겨서 혼자서만 즐겼다.

저녁 식사 후, 잠자리에 들기 전 한 시간 정도 자신의 방에서 시간을 보낼 때, 그는 어둠 속에서 노래를 부르며 서정적인 감흥에 젖어들었다. 그의 목소리는 상당히 높은 테너 음색이었고, 부족한 발성 훈련은 깊은 감정 표현으로 대신했다. 말쑥하게 가르마를 탄 머리를 약간 뒤로 젖힌 채 노래할 때면, 그의 눈은 촉촉하게 반짝였고, 음에 맞춰 목젖이 오르락내리락했다. 그의 애창곡은 〈제비들이 고향으로 돌아갈 때〉였다. '이별이란, 아 이별이란 얼마나 아픈가'라는 가사를 부를 때면, 그는 떨리는 음성을 길게 늘였고, 때로는 눈물을 글썽이기도 했다.

직업적으로는 빠르게 성장했다. 원래는 몇 년간 그를 큰 도시로 보내 일을 배우게 할 계획도 있었지만, 얼마 지나지 않아 그가 고모의 가게에서 없어서는 안 될 사람이 되면서, 고모는 더 이상 그를 도시에 보내려 하지 않았다. 어차피 훗

날 가게를 물려받을 터였으므로, 겉보기에는 평생 안정이
보장된 셈이었다. 그러나 그의 마음은 동경으로 가득 차 있
어 불안하기 짝이 없었다. 아무리 또래의 모든 아가씨들, 특
히 예쁜 아가씨들에게 눈길을 보내고 정중하게 인사를 건넸
어도, 그들은 안드레아스를 진지하게 봐주지 않았다. 그는
아가씨들 모두를 차례로 좋아했고, 그에게 한 발자국만 다
가와준다면 누구라도 받아들일 마음이 있었다. 하지만 아무
도 그 한 발자국을 내딛어주지 않았다. 교양 있는 미사여구
로 말을 다듬고, 양질의 물건들로 외모를 가꾸어도 소용이
없었다.

예외가 한 사람 있긴 했다. 다만 그는 그 예외를 거의 알
아차리지 못했을 뿐이다. 키르허스포일레라고도 불리는 파
울라 키르허라는 아가씨가 있었는데, 그녀는 언제나 그에게
친절했고, 그를 우습게 보지 않는 듯했다. 물론 그녀는 어
리지도, 예쁘지도 않았다. 수수한 외모에 나이도 그보다 몇
살 연상이었다. 하지만 그것 말고는 유복한 수공업자 집안
출신의 야무지고 평판 좋은 처녀였다. 안드레아스가 길에서
그녀에게 인사를 하면, 그녀는 상냥하게 진심 어린 감사를
표했다. 수예점에 왔을 때도 친절하고 둥글둥글하며 겸손해
서 응대하기가 편했다. 또한 그녀는 그저 상술에서 비롯된

그의 친절을 곧이곧대로 받아들였다. 그래서 그는 그녀를 싫어하지 않았고, 오히려 신뢰했다. 하지만 그 이상으로는 별다른 관심이 없었다. 파울라는 안드레아스가 가게를 떠나면 곧 잊어버리고 마는, 몇 안 되는 처녀 중 한 사람이었다.

안드레아스는 한동안 고급 구두에 희망을 걸었다가, 다음에는 멋진 머플러에 기대를 걸었다. 무엇보다도 콧수염을 정말 애지중지 관리했다. 급기야는 먼 곳에서 온 행상에게서 커다란 오팔이 박힌 금반지를 사기도 했는데, 이는 그가 스물여섯 살 때의 일이었다.

하지만 서른이 되었음에도 여전히 결혼이라는 항구를 멀리서 동경만할 뿐, 도무지 그 항구에 다다를 기미가 보이지 않자, 어머니와 고모는 이제 약간 적극적으로 개입할 필요성을 느꼈다. 이미 고령에 접어든 고모가 먼저 나섰다. 고모는 안드레아스에게 이런 제안을 했다. 자신은 죽기 전에 가게에서 손을 떼고 물러나려 한다. 다만 네가 혼기가 찼으니 게르버자우의 얌전한 규수와 결혼을 해라, 그러면 당장 가게를 물려주겠다. 고모가 이렇게 나오자 어머니는 자신이 나설 차례라고 생각했다. 여러 생각 끝에 어머니는 아들이 사람들과 좀 더 어울리고 여자를 대하는 법을 배우게 하려면 어떤 모임에 들게 해야겠다는 결론에 이르렀다. 그러고는 아들이 노래를 좋아한다는 걸 아는 터라, 이를 이용해 그를 설득해봐야겠다고 생각해 아들에게 노래 모임에 가입하라고 권유했다.

사람들과 어울리는 걸 꺼리는 안드레아스였지만, 기본적으로는 어머니의 뜻에 동의했다. 다만 그는 어머니에게 노래 모임 대신 교회 성가대에 들어가면 어떻겠느냐고 제안했다. 고상한 음악에 더 끌린다면서 말이다. 하지만 사실, 그가 성가대에 들어가고 싶은 진짜 이유는 따로 있었다. 그것은 바로 마르그레트 디를람이 성가대 소속이기 때문이었다. 마르그레트는 안드레아스가 전에 수습 생활을 했던 상점 주인의 딸로, 스물이 갓 넘은 예쁘고 명랑한 아가씨였다. 안드레아스는 얼마 전부터 그녀를 마음에 두고 있었다. 또래 처녀들은 대부분 임자를 찾아 결혼해버렸고, 더욱이 예쁜 또래 처녀들은 남아 있지 않은 지 오래였다.

어머니는 아들이 성가대에 들어가겠다는 걸 마다할 이유가 없었다. 물론 성가대는 회식을 하거나 행사를 갖는 빈도가 노래 모임의 절반도 되지 않았다. 대신 회비가 훨씬 저렴했고, 연습이나 찬양 시간에 함께할 수 있는 집안 좋은 처녀들도 충분히 있었다. 그래서 어머니는 지체 없이 아들을 데리고 성가대 지휘자를 찾아갔다. 지휘자는 나이 지긋한 노교사로, 그들을 친절하게 맞아주었다.

"자, 온겔트 씨. 성가대에 들어와 함께 노래하고 싶다고요?" 노교사가 말했다.

"네, 그렇습니다. 부디⋯."

"전에 노래해 본 적이 있나요?"

"아, 네. 그러니까, 어느 정도는⋯."

"그래요. 그럼 한번 불러보죠. 외우고 있는 노래 중 아무거나 불러보세요."

안드레아스는 아이처럼 얼굴이 빨개져 한사코 노래를 부르려 하지 않았다. 하지만 노교사는 계속 부르라고 종용했고, 마침내 거의 화를 내다시피 했다. 그리하여 안드레아스는 두려움을 억누르며, 조용히 앉아 있는 어머니를 쳐다보았다. 그리고 체념한 눈빛으로 자신의 애창곡을 부르기 시작했다. 막상 노래를 시작하자, 그는 곧 노래에 빠져들어 일절을 막힘없이 불렀다.

지휘자가 그만해도 좋다는 손짓을 했다. 그러고는 다시 공손한 태도로 돌아가 이렇게 말했다. 아주 잘 불렀으며 감정을 담아 부르는 것이 느껴졌다, 하지만 아무래도 유행가에 더 자질이 있는 것 같으니 노래 모임에 들어가 노래를 하면 어떻겠느냐. 안드레아스가 당황한 나머지 우물쭈물하는 사이 어머니가 구원의 손길을 내밀었다. 어머니는 안드레아스가 정말 노래를 잘 부르는데 지금은 약간 긴장했던 것 같으니 아들을 받아주면 좋겠다, 노래 모임은 아무래도 성격이 좀 다르고 품격이 떨어지지 않느냐, 그리고 자신은 매년 교무금도 꼬박꼬박 내고 있다, 그냥 지휘자님이 좀 잘 봐줘서 최소한 임시 대원으로라도 받아준다면 꽤 잘한다는 걸 보게 될 것이다, 라고 했다. 노교사는 두 번 더 부드럽게 만류했다. 성가를 부르는 건 그리 쉬운 일이 아니며, 게다가 이미 오르간 앞 단상이 협소해서 더 많은 대원을 받을 수도 없는 형편이라고. 하지만 그는 결국 어머니의 설득에 굴복하고 말았다. 나이 많은 지휘자에게 이런 일은 처음이었다. 서른이 넘은 남자가 성가대에 지원하면서 조력자로 어머니를 대동하고 나타나다니. 성가대원이 이런 식으로 늘어나는 건 다소 이례적이고 불편한 일이었지만, 음악과는 별개로 내심 흥미롭기도 했다. 그래서 지휘자는 안드레아스에게 다음 연습에 나오라고 말한 뒤, 웃으며 두 사람을 돌려보냈다.

수요일 저녁, 꼬맹이 온켈트는 정확히 제 시간에 성가 연습이 이루어지는 학교 음악실에 나타났다. 성가대는 한창 부활절에 부를 합창을 연습 중이었다. 대원들이 속속 도착하면서 모두가 신입 대원에게 아주 친절하게 인사해 주었다. 다들 쾌활하고 명랑한 사람들이라 안드레아스는 흡족한 기분이 들었다. 마르그레트 디를람도 도착해, 다정한 미소를 지으며 안드레아스에게 고개를 꾸벅했다. 간간이 뒤에서 나지막이 킥킥대는 소리가 들리는 것도 같았지만, 안드레아스는 크게 신경 쓰지 않았다. 우스운 캐릭터로 받아들여지는 게 어제오늘 일은 아니었으니 말이다. 반면 약간 의아한 것은 파울라 키르허의 태도였다. 파울라 키르허도 성가 연습에 참석했고, 그녀가 굉장히 인정받는 대원이라는 걸 금방 알 수 있었는데, 이상한 것은 그녀가 평소와 달리 굉장히 냉랭하고 기분이 안 좋아 보인다는 것이었다. 평소엔 무척 호의적이고 친절하게 대해주던 그녀였는데, 이제는 기묘하게 차가운 낯빛이었다. 마치 그가 성가대에 들어온 것이 못마땅하기라도 한 듯했다. 그러나 키르허스포일레의 기분이야 어찌 되었든, 그게 무슨 상관이람?

노래할 때 온겔트는 극도로 조심했다. 학교에서 배운 악보 읽는 법이 조금 기억나긴 했지만, 몇 소절을 기어들어 가는 목소리로 따라 부르는 것이 고작이었다. 전반적으로 자신감이 없었고, 앞으로도 나아지지 않으면 어쩌나 하는 불안감이 스멀스멀 올라왔다. 지휘자는 당혹스러워하는 안드레아스의 모습이 우습기도 하고 짠하기도 해서 그를 배려해

주었다. 연습이 끝난 뒤에는 "계속하다 보면 차츰 나아질 거예요." 라고까지 말해주었다. 하지만 안드레아스는 저녁 내내 마르그레트 가까이에서 그녀를 몰래 바라볼 수 있어 좋았다. 그리고 예배 전후 성가대가 오르간 앞 합창석에서 노래를 부를 때, 테너 파트가 여성 대원들 바로 뒤편에 선다는 사실을 떠올렸다. 부활절을 비롯한 앞으로의 모든 행사에서 디를람 양 가까이에 서서 마음껏 그녀를 바라볼 수 있다는 상상에 기분이 출렁였다. 그러나 다음 순간, 그는 안타깝게도 자신이 얼마나 키가 작은지를 떠올리고야 말았다. 다른 대원들 사이에 끼어 서 있으면, 그들 사이에 파묻혀 아무것도 보이지 않을 것이었다. 안드레아스는 큰 용기를 내어 동료 성가대원에게 자신이 앞으로 성가대석에 설 때 처하게 될 딱한 상황에 대해 더듬더듬 이야기했다. 물론 진짜 이유는 함구한 채로 말이다. 그러자 그 동료는 웃으며, 안드레아스가 좋은 자리에 서게끔 도와주겠다고 말했다.

연습이 끝나자, 모두가 인사를 하는 둥 마는 둥 뿔뿔이 흩어졌다. 일부 남자 대원들은 숙녀들을 집까지 바래다주었고, 일부는 맥주 한잔하러 갔다. 안드레아스는 어두컴컴한 학교 교정에 쓸쓸히 혼자 남아, 상심한 얼굴로 다른 대원들, 그리고 무엇보다 마르그레트가 멀어져 가는 모습을 우두커니 바라보았다. 그때, 파울라 키르허가 그의 곁을 지나갔다. 그가 모자를 벗고 꾸벅 인사하자, 파울라가 말했다. "집으로 가세요? 같은 방향이니 같이 가면 되겠네요."

그는 감사히 그 제안을 받아들여, 그녀와 나란히 습하고 쌀쌀한 3월의 골목길을 걸어 집으로 돌아왔다. 헤어지며 서로 인사한 것 외에, 두 사람은 단 한 마디의 말도 나누지 않았다.

다음 날, 마르그레트 디틀람이 가게에 들렀고 안드레아스가 그녀를 응대했다. 그는 모든 천이 비단이라도 되는 듯 살포시 다루었고, 치수를 재는 자가 마치 바이올린 활이라도 되는 양 우아하게 움직였다. 그러면서 은근한 기대를 품었다. 혹시 그녀가 어제 성가대 연습에 대해 한마디라도 언급해주지 않을까? 그의 기대는 놀랍게도 맞아떨어졌다. 막 가게 문을 나서려던 마르그레트가 물었다. "온젤트 씨가 노래도 하실 줄은 몰랐어요. 노래하신 지 오래되셨나요?" 안드레아스는 콩닥거리는 가슴을 부여잡고 겨우 입을 열었다. "아, 네 ─ 그저 뭐, 대략… 외람되지만…" 그가 더듬거리며 말하는 사이, 마르그레트는 가볍게 고개를 까딱하더니 팔랑팔랑 골목으로 사라져버렸다.

"야호! 이것 봐, 이것 보라고!" 안드레아스는 속으로 그렇게 외치며, 앞으로 펼쳐질 일들을 꿈꾸었다. 그는 흥분한 나머지 물건을 정리하다가 난생처음으로 모혼방 레이스천과 순모 레이스천을 혼동하고 말았다.

부활절이 점점 다가왔다. 부활절 일요일뿐만 아니라 성금요일에도 성가대가 노래를 해야 했으므로, 주중에 여러 차례 연습이 있었다. 안드레아스는 늘 정시에 연습실에 도착해 잘해 보려고 무던히 노력했고, 모두가 그를 호의적으로 대해주었다. 다만, 파울라 키르허가 여전히 그를 못마땅해하는 듯해서 안드레아스는 마음이 좀 찝찝했다. 파울라는 그가 완전히 신뢰하는 유일한 여자였기 때문이다. 게다가 연습을 마치고 나면, 어찌 된 일인지 늘 파울라 키르허와 함께 집으로 걸어가게 되었다. 마르그레트를 바래다주고 싶었지만, 그건 그저 은밀한 소망일 뿐이었다. 그는 한 번도 마르그레트에게 물어볼 용기를 내지 못했다. 결국 그는 파울라와 함께 걸었고, 처음 몇 번은 길을 가면서도 아무 말도 하지 않았다. 그런데 다음 번에 파울라가 마치 양심에 호소하듯 그에게 왜 그렇게 말이 없느냐고, 자기가 무서운 거냐고 물었다.

"아니요." 안드레아스는 놀라서 더듬거렸다. "그게 아니고… 그렇다기보다는… 그건 아닌데… 오히려 반대로."

그녀는 나지막이 웃더니 물었다. "그런데 노래는 어때요? 재미있어요?"

"아, 물론 아주 당연히."

파울라는 고개를 설레설레 젓더니 낮은 목소리로 말했다. "온젤트 씨, 당신하고는 제대로 된 대화를 할 수 없는 건가요? 모든 대답을 빙빙 돌려서 하시네요."

안드레아스는 난감한 표정으로 파울라를 바라보며 말을 더듬거렸다.

"좋은 뜻에서 하는 말이에요. 그렇게 생각하지 않아요?" 그녀가 말을 이었다.

안드레아스는 크게 고개를 끄덕였다.

"좋아요, 그럼. 당신은 어차피, 여하튼, 외람되게도 같은 말 말고는 다른 말을 할 수 없는 거예요?"

"아니, 천만에요. 할 수 있지요. 그럼에도 어쨌든…."

"그래요, 그럼에도. 어쨌든, 저녁에 집에 가면 어머니나 고모님과는 평범하게 대화를 나누겠죠? 그러니까 나나 다른 사람들과도 그렇게 해봐요. 그러면 훨씬 제대로 된 대화를 할 수 있을 거예요. 그렇게 하고 싶지 않아요?"

"네, 물론이죠. 그럴게요. 정말로."

"그래요, 좋아요. 이제 좀 현명해지셨네요. 이제 당신과 이야기를 할 수 있겠어요. 할 말이 좀 있었거든요."

파울라 키르허는 굉장히 직설적으로 이야기를 하기 시작했다. 안드레아스에게는 다소 생소한 대화 방식이었다. 그녀는 그가 노래를 제대로 하는 것도 아니고, 성가대원 대부분이 그보다 어린데도 굳이 교회 성가대에 나오는 이유가 뭐냐고 물었다. 성가대원들이 틈만 나면 그를 비웃고 놀리는 것도 모르냐면서. 안드레아스는 그런 말이 자존심 상하긴 했지만, 한편으로는 그런 말을 해주는 그녀의 친절하고 호의 어린 마음이 고스란히 전해졌다. 그래서 약간 울컥한 채로, 그런 말을 차갑게 물리치고 싶은 마음과 가슴 뭉클한 고마움 사이에서 갈팡질팡했다.

그러는 사이, 그들은 이미 파울라의 집 앞에 다다라 있었고, 파울라는 안드레아스에게 악수를 청하며 진지한 목소리로 말했다.

"잘 자요, 온겔트 씨. 제 말 나쁘게 생각하지 말고요. 다음에 더 이야기해봐요, 알겠죠?"

안드레아스는 혼란스러운 마음으로 집으로 향했다. 파울라의 적나라한 말에 가슴이 아팠지만, 동시에 누군가가 친구처럼 자신을 생각해 진솔한 이야기를 해 주었다는 사실이 신선했고, 위로가 되었다.

다음 연습을 마치고 돌아오는 길에, 안드레아스는 이미 집에서 어머니와 대화하듯 평범한 문장으로 파울라와 이야기를 나눌 수 있게 되었다. 그렇게 할 수 있게 되자, 용기와 자신감이 동반 상승하며 다음 날 저녁에는 파울라에게 자신의 속마음을 털어놓기 직전까지 갔다. 반쯤은 아예 디를람의 이름까지 말해버릴까도 생각했다. 파울라에게 이야기하면 자신을 도와주지 않을까 하는, 정말이지 불가능한 기대를 품었기 때문이었다. 하지만 파울라는 그가 구체적으로 고백하기도 전에 말을 탁 자르더니 이렇게 말했다. "당신은 결혼하고 싶은 거잖아요. 그렇지 않아요? 그건 또한 당신이 할 수 있는 가장 현명한 일이죠. 이제 나이도 있으니까요."

　"나이야, 그렇죠." 안드레아스는 슬프게 말했다. 하지만 파울라는 그저 웃을 뿐이었고, 안드레아스는 아쉬운 마음으로 집으로 향했다. 그리고 다음 모임 때 다시 고백하려고 운을 떼자, 파울라는 단호하게 받아쳤다. 그가 누구와 결혼하고 싶은지는 본인이 알아야 할 문제 아닌가, 그리고 그가 성가대에서 하는 역할이 결혼에 별 도움이 되지는 않을 것 같다, 젊은 여자들에게는 사랑하는 사람이 웃음거리가 되는 것보다 더 견디기 힘든 일은 없으니까.

　파울라의 말로 괴로웠던 마음은 떠들썩하게 성금요일 찬

양을 준비하면서 비로소 누그러졌다. 안드레아스는 성금요일에 처음으로 오르간 아래 성가대석에 서게 될 터였다. 성금요일 아침, 그는 특별히 신경 써서 옷을 차려입고 윤이 나는 실크햇을 쓴 채 일찌감치 교회로 갔다. 자리 배정을 받은 뒤, 그는 좋은 자리에 서게끔 도와주겠다던 동료 대원 쪽을 다시 한 번 돌아보았다. 그러자 그 동료는 정말로 그 약속을 잊지 않은 듯, 칼칸트에게 손짓을 했고, 칼칸트는 씩 웃으며 작은 궤짝을 가져와 온켈트가 서 있는 자리에 놓아주었다. 궤짝 위에 올라서자 앞이 훤히 보였고, 신도들도 그를 잘 볼 수 있었다. 덕분에 키 큰 테너들이 누리는 유리한 입지를 경험할 수 있었다. 하지만 궤짝 위에 서 있는 건 결코 쉽지 않았다. 균형을 잘 잡아야 했고, 자칫 넘어져서 앞쪽 난간에 서 있는 아가씨들 아래로 굴러떨어져 다리가 부러질지도 모른다고 생각하니 모골이 송연해져 식은땀이 송글송글 맺혔다. 오르간 앞의 성가대석은 좁고, 가파른 계단이 있는 발코니 형태였으며, 아래쪽으로는 교회 본당이 위치해 있었다. 하지만 대신 아주 가까운 거리에서 마르그레트 디를람의 목덜미를 바라볼 수 있다는 건 즐거웠다. 성가대 합창과 예배가 끝났을 때, 안드레아스는 완전히 기진맥진한 기분이 되었다. 문이 열리고 종소리가 울리기 시작하자 그는 안도의 한숨을 내쉬었다.

다음 날, 파울라는 그를 나무랐다. 그렇게 억지로 키를 키우려는 건 상당히 고압적으로 보일뿐더러, 오히려 더 우스꽝스러워 보인다고 했다. 안드레아스는 앞으로는 자신의 작은 키를 부끄러워하지 않겠다고 약속했지만, 부활절 예배가 열리는 다음 날만큼은 마지막으로 그 궤짝을 이용하고 싶어 했다. 이유인즉슨, 그것을 가져다준 사람의 성의를 생각해야 하지 않겠느냐는 것이었다. 파울라는 그가 안드레아스를 놀리려고 궤짝을 가져다준 걸 모르겠느냐고 차마 말하지 못했다. 그저 고개를 설레설레 저으며 알아서 하라고 할 뿐이었다. 그의 멍청함에 화가 나면서도, 그 순수함에 마음이 찡했다.

부활절 일요일, 교회 성가대는 성금요일보다 한층 더 장엄한 분위기 속에서 노래했다. 꽤 어려운 곡이 연주되었고, 온겔트는 용감하게 궤짝 위에 서서 균형을 잡았다. 하지만 합창이 끝날 무렵, 발밑의 궤짝에서 불안정한 느낌이 들더니 금방이라도 무너질 것처럼 흔들거렸다. 안드레아스는 노래에 집중할 수 없었고, 발코니 너머로 굴러떨어지지 않도록 최대한 가만히 서 있는 수밖에 없었다. 다행히, 떠들썩한 소동이나 불미스러운 사고는 일어나지 않았다. 다만, 나지막이 삐걱대는 소리와 함께 서서히 키가 줄어들더니, 결국 겁에 질린 얼굴로 바닥으로 가라앉아 청중들의 시야에서 사라져버렸다. 지휘자와 본당 풍경, 2층석, 그리고 금발의 마르그레트의 아름다운 목덜미가 차례로 시야에서 사라졌지만, 어쨌든 그는 무사히 바닥에 내려섰다. 웃음을 참느라 얼굴을 몹시 찡그려야 했던 남자 성가대원들과 성가대 가까이에 앉아 있던 일부 남학생들만이 이 일을 감지했을 뿐, 푹 꺼진 그의 자리 위로 환희와 기쁨의 부활절 찬양이 울려 퍼졌다.

오르간 주자의 후주를 들으며 신도들은 교회 밖으로 나가고, 성가대원들은 여전히 성가대석에 남아 서로 몇 마디 이야기를 나누었다. 다음 날은 야유회였기 때문이다. 부활절 월요일에는 매년 성가대의 야유회가 열렸고, 안드레아스는 성가대에 들어올 때부터 이 야유회를 기대하고 있었다. 이제는 심지어 디를람 양에게 야유회에 함께 갈 생각인지 물어볼 용기까지 났다. 질문은 생각보다 어렵지 않게 나왔다.

"네, 당연히 저도 가요." 예쁜 아가씨는 그렇게 말한 뒤 덧붙였다. "그건 그렇고, 아까 다친 데는 없으세요?" 그렇게 묻자마자 그녀는 참았던 웃음이 터져 나와, 대답을 기다리지도 못하고 도망치듯 자리를 떠버리고 말았다. 저쪽에서 안쓰럽다는 듯 정색한 채 쳐다보는 파울라의 눈길에, 안드레아스는 한층 더 착잡한 기분이 들었다. 그리하여 잠시 타올랐던 용기도 순식간에 사그라졌고, 어머니에게 야유회 이야기를 꺼내 같이 가자고 하지 않았더라면, 그는 야유회도, 성가대도 다 집어치우고 희망까지 모두 던져버리고 싶은 심정이었다.

부활절 월요일, 하늘은 푸르고 햇살이 빛났다. 오후 두 시, 성가대원 대부분과 그들이 데려온 손님과 친척들이 교외의 낙엽송길에 모였다. 안드레아스는 어머니와 동행했다. 전날 저녁에 그는 어머니에게 자신이 마르그레트를 좋아한다고 고백했다. 그다지 희망을 품고 있지는 않았지만, 어머니가 좀 도와주고, 야유회 날 오후에 좀 더 친해지면 일이 잘 풀릴 수도 있지 않겠느냐며 기대를 내비쳤다. 어머니는 늦둥이 아들이 모쪼록 잘되기를 바랐지만, 그녀가 보기에도 마르그레트는 아들의 결혼 상대가 되기에는 너무 어리고, 너무 예쁘지 않나 하는 생각이 들었다. 하지만 어쨌든 시도는 해볼 수 있을 것이었다. 가게 때문이라도 안드레아스는 얼른 결혼을 해야 했으니까.

목적지로 가는 숲길은 상당히 가파르고 험해, 성가대원들은 콧노래조차 부르지 못한 채 묵묵히 걸었다. 온겔트 부인은 그런 길에서도 침착과 여유를 잃지 않고, 아들에게 앞으로 몇 시간 동안 어떻게 행동해야 하는지 단단히 당부한 뒤, 마르그레트의 어머니인 디를람 부인과 쾌활하게 수다를 떨기 시작했다. 디를람 부인은 산길을 오르느라 숨이 차 꼭 필요한 답변만 간신히 할 뿐이었지만, 온겔트 부인은 유쾌하고 재미있는 이야기들을 이어갔다. 날씨가 정말 좋다는 이야기에서 시작해, 교회 음악이 얼마나 품격 있는지를 이야기하고는, 어쩜 그렇게 건강해 보이느냐고 디를람 부인을 추켜세웠다. 이어서 마르그레트가 입은 봄 원피스가 너무나 예쁘다는 이야기를 하다가, 한동안 꾸미고 치장하는 이야기를 나눈 끝에, 마침내 시누이네 수예점이 최근 몇 년간 얼마나 호황을 누리고 있는지를 언급했다. 디를람 부인은 이 이야기에는 반응하지 않을 수 없어, 안드레아스를 칭찬하며 상인으로서의 자질과 감각이 뛰어난 것 같다고 말했다. 그러면서 몇 년 전 안드레아스가 수습 생활을 할 때, 자신의 남편도 그런 칭찬을 했었다고 덧붙였다. 온겔트 부인은 이런 아부 섞인 말에 내심 기분이 좋으면서도, 한숨을 폭 쉬며 말했다. 물론, 안드레아스는 능력도 있고 앞길이 유망한 데다, 그 멋진 수예점도 이미 그의 소유나 다름없다고. 하지만 여자들 앞에서 너무 수줍어하는 것이 탈이라고. 결혼할 마음이 없는 것도 아니고, 결혼생활에 필요한 덕목들을 두루

갖추고 있음에도 자신감과 추진력이 부족하다고.

그러자 디를람 부인은 걱정스러워하는 온젤트 부인을 위로하기 시작했다. 그녀는 자신의 딸이 안드레아스의 신붓감이 될 수 있다는 생각은 추호도 하지 않은 채, 게르버자우에서 미혼 딸을 둔 집이라면 안드레아스 같은 사윗감을 반길수밖에 없을 것이라고 자신했다. 이 말은 온젤트 부인에게꿀처럼 달콤하게 스며들었다.

그러는 동안, 마르그레트는 성가대의 다른 청년들과 함께저만치 앞서가고 있었다. 짧은 다리로 그들의 걸음을 따라가는 것이 힘들었지만, 안드레아스 역시 가장 어리고 익살스러운 사람들로 구성된 이 작은 무리에 끼어 있었다.

다시금 모두가 안드레아스에게 각별히 친절하게 굴었다.사랑에 빠진 눈빛을 한 겁 많은 땅딸보는, 장난기 많은 이들청년들에게 저절로 굴러들어온 노리갯감이나 다름없기 때문이었다.

예쁜 마르그레트도 장난에 가담해, 자신에게 홀딱 반한안드레아스에게 간혹 짐짓 진지한 척 말을 걸었고, 그때마다 안드레아스는 기쁨에 들떠 말도 제대로 못 한 채 얼굴이새빨개졌다.

단, 이런 즐거움은 오래가지 않았다. 불쌍한 안드레아스도 젊은 대원들이 뒤에서 자신을 놀리고 있음을 차츰 눈치채기 시작했다. 그래서 분위기에 맞춰주면서도, 속으로는 상당히 낙담해 다시금 희망을 내려놓게 되었다. 하지만 겉으로는 아무렇지도 않은 척했다. 청년 대원들의 장난은 시간이 갈수록 노골적이었다. 안드레아스는 그 모든 농담과 암시가 자신을 겨냥하고 있음을 확실히 느낄수록 애써 더 크게 따라 웃었다. 그러나 결국 이런 놀림은 정말 무례한 장난으로 끝을 맺게 되었고, 그 종지부를 찍은 것은 청년들 중 가장 짓궂고, 키가 전봇대처럼 큰 약방 조수였다.

그 일은 그들이 막 수령이 오래된 아름드리 참나무 곁을 지날 때 일어났다. 약방 조수는 자신이 저 키 큰 나무의 맨 아래쪽 가지에 손이 닿을 수 있는지 시험해 보겠다고 했다. 그러고는 허리를 쭉 펴 여러 차례 뜀뛰기를 했지만, 번번이 아슬아슬하게 닿지 못했다. 이를 지켜보던 대원들은 웃음을 터뜨렸다. 그러자 약방 조수는 구겨진 자존심을 회복하고 다른 사람을 웃음거리로 만들 장난을 즉흥적으로 생각해냈다. 별안간 그가 키 작은 온겔트를 번쩍 들어 올리더니, 가지를 붙잡고 매달리라고 했다. 안드레아스는 깜짝 놀란 데이어 화가 머리끝까지 치밀었다. 그러나 아래로 떨어질까봐 겁이 나서 요구를 거부할 수도 없었다. 그는 나뭇가지를 꽉 움켜쥐고 필사적으로 매달릴 수밖에 없었다. 그 순간, 약방 조수는 그를 잡고 있던 손을 놓아버렸다. 청년들이 박장대소하는 가운데, 안드레아스는 높은 가지에 꼼짝없이 매달린 신세가 되었다. 그는 다리를 버둥대며 비명을 질렀다.

"내려줘요!" 그가 다급하게 외쳤다. "내려달라고요, 당장!"

안드레아스는 목청이 갈라졌고, 너무나 처참한 기분이었다. 영원한 수치에 넘겨진 느낌이 이런 것일까. 그러나 약방 조수는 태연하게 말하는 것이었다. 풀려나려면 몸값을 지불하세요. 뭔가를 보여줘요. 그러자 모두가 박수를 치며 환호했다.

"몸값을 지불하세요." 마르그레트도 그렇게 외쳤다.

안드레아스는 어쩔 수 없었다.

"알았어요. 하지만 빨리 좀 해요!" 그가 소리쳤다.

그러자 그를 곤경에 빠뜨린 약방 조수는 연설하듯 이렇게 선언했다. 온겔트씨는 3주 전부터 성가대 활동을 했다, 그러나 아무도 그가 노래하는 걸 들어보지 못했다, 이제 이 자리에서 한 곡조 뽑지 않으면 저 위험한 상태에서 풀려나지 못할 것이다.

약방 조수의 말이 끝나기도 전에, 안드레아스는 이미 노래를 시작했다. 그의 힘이 점점 다해 가는 걸 느꼈기 때문이다. 그는 반쯤 울먹이며 노래했다. "그때를 기억하나요, 그대…." 하지만 미처 일 절을 다 부르기도 전에 손에 힘이 풀려, 외마디 비명을 지르며 아래로 추락하고 말았다. 모두가 소스라치게 놀랐다. 만약 다리라도 부러졌다면, 모두가 후회하며 그를 동정했을 것이다. 그러나 다행히 얼굴에 핏기가 하나도 없긴 했지만, 사지는 멀쩡한 채로 안드레아스가 몸을 일으켰다. 그는 이끼 위에 떨어진 모자를 집어 조심스럽게 쓰고는, 아무 말 없이 왔던 길을 되돌아가기 시작했다. 그리고 처음 만난 길모퉁이를 돌자마자, 힘이 빠져 길가에 털썩 주저앉았다.

양심의 가책을 느껴 뒤쫓아오던 약방 조수가 그를 발견하고 용서를 구했다. 하지만 온겔트는 대꾸하지 않았다.

"정말 미안해요. 나쁜 뜻이 있었던 건 아녜요. 부디 용서해주시고, 우리랑 같이 가요!" 약방 조수가 다시 사과했다. 하지만 안드레아스는 정색하고 손을 내저으며 "됐어요."라고 말했다. 약방 조수는 시무룩한 표정으로 되돌아갔다.

잠시 후 나이 많은 사람들로 이루어진 야유회 일행이 천천히 안드레아스가 있는 곳으로 다가왔다. 온겔트 부인과 디를람 부인도 함께였다. 안드레아스는 어머니에게 다가가 말했다.

"집에 갈래요"

"집에? 왜 그러니? 무슨 일 있었어?"

"아뇨. 하지만 소용없어요. 이제 확실히 알았어요."

"그래? 퇴짜를 맞은 거야?"

"아니요. 하지만 이제 알게 되었…."

그가 말을 마치기도 전에, 어머니가 말을 끊고 그의 팔을 잡아끌었다.

"잔말 말고! 함께 가. 잘될 거야. 커피 마실 때 네 자리를 마르그레트 옆으로 잡아줄게."

안드레아스는 풀이 죽어 고개를 저었다. 그러나 어머니의 말을 거역하지 못하고 따라갔다. 파울라 키르허는 안드레아스에게 말을 걸려다가 그만두었다. 안드레아스가 전과 달리 침통하고 화가 난 표정으로 말없이 앞만 보고 걷고 있었기 때문이다.

삼십 분쯤 지난 뒤, 이윽고 야유회의 목적지에 도착했다. 커피가 맛있기로 소문난 음식점과, 옛날 도둑 기사들이 살던 성터가 있는 작은 숲속 마을이었다. 이미 한참 전에 도착한 젊은 청년들이 음식점 뜰에서 신나게 놀고 있었다. 뜰에는 테이블이 나란히 놓였고, 신나게 뛰놀던 청년들은 의자와 벤치를 날랐다. 깨끗한 테이블보가 깔리고, 찻잔, 주전자, 접시, 빵과 과자가 차려졌다.

온겔트 부인은 정말로 아들을 마르그레트 옆자리에 앉혔다. 그러나 그는 옆에 마르그레트가 있든 없든, 참담한 심정으로 우두커니 앞만 보며 식어가는 커피를 저어댈 뿐이었다. 어머니가 아무리 눈짓을 보내도 도무지 입을 열지 않았다.

커피를 두 잔째 비운 뒤, 청년들은 성터에 가서 놀겠다며 아가씨들까지 우르르 자리에서 일어났다. 마르그레트 디를람도 자리에서 일어서며, 풀죽은 채 앉아 있는 안드레아스에게 진주가 박힌 예쁘고 앙증맞은 핸드백을 건넸다. "온겔트 씨, 가방 좀 맡아주세요. 놀다 올게요." 온겔트는 고개를 끄덕이며 핸드백을 받아들었다. 마르그레트가 너무나 당연한 듯 그가 청년들의 놀이에 끼지 않고 어른들과 함께 있을 거라고 여기는 것도 이제는 아무렇지도 않았다. 다만, 대원들이 연습 시간마다 보여주었던 그 기묘한 친절들, 궤짝을 가져왔던 일과 그 외 모든 일들을 왜 진작 알아차리지 못했는지 기막힐 따름이었다.

젊은 사람들이 성터로 떠나고, 남은 사람들은 계속해서 커피를 마시며 담소를 나누었다. 안드레아스는 슬그머니 자리에서 일어나 뜰 뒤편 들판을 가로질러 숲으로 갔다. 손에 들린 핸드백이 햇빛을 받아 반짝거렸다. 갓 베어진 나무 그루터기 앞에서 걸음을 멈춘 그는 손수건을 꺼내어 아직 촉촉한 나무 둥치 위에 펼쳤다. 그리고 그 위에 조심스레 앉았다. 손으로 머리를 감싸 쥔 채 깊은 생각에 잠긴 안드레아스. 다시금 시선을 들어 예쁜 핸드백을 바라본 순간, 저 멀리서 청년들이 함성을 지르며 신나게 노는 소리가 바람에 실려 왔다. 안드레아스는 고개를 푹 숙인 채, 소리 없이 어린아이처럼 울기 시작했다.

한 시간쯤 그렇게 앉아 있었을까. 어느새 눈물은 말랐고, 흥분도 가라앉아 있었다. 그제서야 자신의 상황이 얼마나 슬픈지, 지금까지 얼마나 헛된 노력을 했는지 전보다 더욱 분명하게 의식되었다. 그때, 사뿐사뿐한 걸음 소리와 함께 옷자락이 스치는 소리가 들렸다. 안드레아스가 둥치에서 일어나기도 전에, 파울라 키르허가 그의 곁으로 다가왔다.

"혼자 고독을 즐기고 있나요?" 파울라가 장난스럽게 물었다. 그가 아무 대답도 하지 않자, 그를 유심히 바라보던 그녀의 얼굴빛이 점차 어두워졌다. 이내, 여성스러운 따스함이 묻어나는 목소리로 다시 물었다. "왜 그래요? 안 좋은 일이라도 있었어요?"

"아니에요." 더 이상 미사여구 따위는 안중에도 없이, 안드레아스가 나지막이 말했다. "그저 내가 사람들과 어울릴 수 없는 인간이란 걸 깨달았을 뿐이에요. 사람들의 노리갯 감이었다는 것을요."

"아휴, 그 정도는 아닐 텐데….'

"아니에요, 그랬어요. 난 그들의 노리갯감이었다고요. 특히 아가씨들의 놀잇감이었어요. 난 너무 순진하고 만만했어요. 당신이 옳았어요. 성가대에 들어오는 게 아니었는데."

"다시 나가면 되죠. 그러면 다 좋아질 거예요."

"성가대를 나오는 거야 뭐, 내일까지 미룰 것도 없이 오늘 당장 실행할 수도 있죠. 하지만 그렇다고 모든 것이 좋아지는 건 아니에요."

"왜죠?"

"사람들의 조롱거리가 되었잖아요. 이제 더는 어느 여자도….'

안드레아스는 목이 메어 말을 잇지 못했다. 파울라가 다정하게 물었다. "그리고 더는 어느 여자도… 뭐요?"

안드레아스가 떨리는 목소리로 말을 이었다. "이제 더 이상 어느 여자도 내게 관심을 갖거나, 나를 진지하게 생각해 주지 않을 거라고요."

"온겔트 씨." 파울라가 천천히 말했다. "지금 당신 말이

틀린 것 같은데요? 제가 당신에게 관심이 없고, 당신을 진지하게 생각하지 않는다는 말인가요?"

"아니, 그런 건 아니에요. 키르허 씨가 내게 마음을 써주고 있다는 건 알아요. 하지만 그 말이 아니에요."

"그럼 무슨 말이죠?"

"맙소사, 이런 말은 안 하려 했는데… 하지만 세상에서 내가 가장 못난 남자라고 생각하면 정말 미쳐버릴 것 같아요. 나도 사람이잖아요. 안 그래요? 하지만 나랑… 나랑 결혼하려는 여자는 아무도 없다고요!"

한동안 정적이 흐른 뒤, 파울라가 다시 입을 뗐다.

"좋아요. 그런데 온겔트 씨는 여자들에게 물어본 적 있어요? 당신과 결혼하고 싶은지."

"물어봤냐고요? 아니요, 그런 적 없어요. 뭐 하러 물어요? 아무도 나를 원하지 않는다는 걸 이미 아는데…."

"그렇다면, 온겔트 씨는 여자들이 먼저 당신에게 와서, '아, 온겔트 씨, 실례지만 저는 정말 당신과 결혼하고 싶어 죽겠어요.'라고 말해주기를 바라는 건가요? 그렇다면 당신은 정말 오래 기다려야겠어요."

안드레아스가 한숨을 쉬었다. "아, 무슨 말인지는 알겠는데… 파울라 양, 제 말이 무슨 뜻인지 잘 아시잖아요. 나를 좋게 생각해주고, 조금이라도 내게 호감이 있는 여자가 있다면야…."

"그러면 당신은 그녀에게 아주 잘해주고, 윙크도 해주고, 아니면 집게손가락을 흔들어주기라도 하겠군요! 맙소사, 당신은… 당신은…."

그 말을 남기고, 파울라는 갑자기 마구 뛰어가버렸다. 웃으면서가 아니라, 눈에 눈물이 그렁그렁한 채로. 안드레아스는 그녀의 눈물을 직접 보지는 못했다. 그러나 그녀의 목소리와 그녀가 그렇게 뛰어가버리는 모습에서 뭔가 심상치 않은 분위기를 느꼈다. 그는 곧바로 그녀를 쫓아 달려갔다. 그리고 마침내 따라잡았을 때, 두 사람은 아무 말도 하지 않은 채, 서로를 와락 끌어안고 입을 맞추었다. 그렇게 해서, 키 작은 온겔트는 약혼을 하게 되었다.

안드레아스가 쑥스러우면서도 당당하게 신붓감과 팔짱을 낀 채 음식점 뜰로 돌아오자, 모두가 출발 준비를 마친 채 두 사람을 기다리고 있었다. 두 사람이 나타나자마자, 갑자기 난리가 났다. 모두가 놀라워하며 고개를 설레설레 저었고, 곧이어 축하가 쏟아졌다. 그때, 마르그레트가 안드레아스에게 다가와 물었다. "그런데, 온겔트 씨, 제 가방은 어디다 두고 오신 거예요?"

아뿔싸. 신랑감은 당황한 나머지 기억을 더듬어 가방을 어디에 두었는지 이야기하고는 황급히 숲으로 뛰어갔다. 파울라도 함께 뛰었다. 안드레아스가 오래 앉아 흐느꼈던 바로 그 자리, 갈색 낙엽들 사이에서 핸드백이 반짝이고 있었다. 신부가 말했다. "다시 오길 잘했어요. 저기에 당신 손수건도 있네요."

젤리빈

The Jelly-Bean

F. 스콧 피츠제럴드(Francis Scott Key Fitzgerald, 1896~1940)

미국 미네소타주 출신. 재즈 시대의 화려함과 허무를 섬세하게 그려낸 20세기 미국 문학의 대표 작가다. 《위대한 개츠비》, 《아름다운 그리고 저주받은 사람들》, 《밤은 부드러워》 등에서 사랑, 야망, 몰락을 세련된 문체로 탐구했다. 시대의 환상과 개인의 비극을 동시에 담아낸 그의 작품은 당대에는 과소평가되었으나, 사후 재조명되며 미국 문학의 고전으로 자리 잡았다.

—

1

짐 파월은 젤리빈*이었다. 그를 좀 더 매력적으로 그리고
싶은 마음이야 굴뚝같지만, 그런 식으로 속이는 건 정직하
지 못하다고 느낀다. 짐 파월은 태생부터, 뼛속까지, 99.99
퍼센트 순도의 진짜 젤리빈이었다. 그는 젤리빈들이 거리에
서 당당히 어깨 펴고 활보하던 시절에 자랐다. 일 년 열두
달 내내 무더위가 가시지 않는 메이슨-딕슨 선** 이남, 젤리
빈들이 우글대는 어느 느긋한 마을에서 말이다.

멤피스 출신의 남자를 젤리빈이라고 불렀다면, 그는 아
마도 뒷주머니에서 질긴 밧줄을 꺼내 당신을 근처 전신주에
매달지도 모른다. 반면 뉴올리언스 사람에게 같은 말을 하
면, 그는 싱긋 웃으며 당신 여자 친구를 마르디 그라*** 무도

* **젤리빈** 겉이 딱딱하고 속이 젤리로 된 콩
모양의 과자. 겉모습은 멀쩡하지만 내실은
없고 미래에 대한 목표 없이 빈둥거리는 젊
은 남자를 표현하는 말로 사용되었다.
** **메이슨-딕슨 선** 미국 북부와 남부의
경계를 상징하는 선으로, 역사적으로는 노
예제 찬반 기준선으로 여겨졌다.

*** **마르디 그라** 사순절 직전 열리는 뉴
올리언스의 대표적인 축제로, 상류층 청춘
들이 참석하는 화려한 무도회가 열린다.

회에 데려갈 사람이 누군지 묻겠지. 이 문제의 젤리빈, 짐 파월이 태어나고 자란 곳은 멤피스와 뉴올리언스 사이 어딘가, 조지아 남부에 자리한 인구 사만 명 남짓의 조용한 도시였다. 젤리빈들이 뿌리내리고 살아가는 그 느슨한 공기 속에서, 도시는 마치 사만 년째 꾸벅꾸벅 졸고 있는 듯한 모습이었다. 가끔 잠결에 중얼거리듯 흘러나오는 전쟁 이야기도 있었지만, 그것들은 이미 세상이 다 잊은, 기억조차 희미한 이야기들이었다.

짐은 젤리빈이었다. 재차 강조하는 이유는, 그 말이 어쩐지 귀에 듣기 좋기 때문이다. 마치 오래된 동화의 첫 문장처럼 들리지 않는가? 짐이 괜찮은 사람일 것만 같은 착각을 불러일으키는 말이다. 그 말을 들으면, 머릿속에 짐의 동그랗고 탐스러운 얼굴이 떠오르고, 모자 위로는 온갖 잎사귀와 채소가 자라나는 기묘한 모습이 떠오른다. 하지만 실제의 짐은 키가 크고 말랐으며, 당구대에 몸을 기댄 채 살아온 세월 덕에 허리가 휘어 있었다. 북부 사람들의 말대로라면 그는 '모퉁이에 서 있는 백수'쯤 되는 존재였다. 그러나 남부, 특히 여전히 남군의 향취가 남아 있는 땅에서 '젤리빈'이라는 단어에는 조금 다른 뉘앙스가 있다. 젤리빈이란, 인생을 빈둥거리며 보내는 사람을 뜻한다. 일하지 않고, 뭔가를 이루려 하지도 않으며, 그저 "나는 빈둥거리고 있다", "여태까지 그랬다", "앞으로도 그럴 것이다"라고 말할 수밖에 없는 그런 사람 말이다.

짐은 초록 잔디가 깔린 모퉁이의 하얀 집에서 태어났다. 집 앞에는 세월에 닳은 나무 기둥 네 개가 서 있었고, 뒷마당에는 햇살이 가득 내리쬐는 정원을 배경으로 격자무늬 나무틀이 환하게 빛나고 있었다. 원래 그 하얀 집은, 그 옆집과 또 그 옆집까지도 소유했던 사람의 것이었다. 하지만 그건 너무 오래전 일이라 짐의 아버지도 흐릿한 기억 너머로만 어렴풋이 떠올릴 뿐이었다. 그에게는 그저 지나간 이야기였기에, 다툼 끝에 총에 맞아 숨을 거두는 순간에도 다섯 살이던 짐에게 그 얘기를 남기지 않았다. 그 집은 곧 메이컨에서 온 과묵한 여인의 하숙집이 되었고, 짐은 그녀를 메이미 숙모라 불렀지만, 마음 깊은 곳에서는 지독히도 증오했다.

열다섯이 되자, 짐은 고등학교에 들어가 검은 곱슬머리를 기르고 여자아이들을 어색해했다. 집 안에는 여자 넷과 노인 하나가 여름이면 하루 종일 쉼 없이 수다를 떨었고, 그들의 화제는 늘 옛 파월가의 땅이 어디까지였는지, 이번 여름에는 어떤 꽃이 필지 같은 이야기뿐이었다. 가끔 마을의 누군가가 짐의 어머니를 기억하며, 그의 짙은 눈빛과 검은 머릿결에서 그녀의 모습을 떠올렸다. 그러곤 짐을 파티에 초대했다. 하지만 파티는 언제나 짐을 위축되게 만들었고, 그는 차라리 틸리의 자동차 정비소에서 고장 난 차의 바퀴축 위에 걸터앉아 주사위를 굴리거나, 기다란 밀짚으로 입속 깊숙한 곳을 탐험하는 편이 나았다. 그는 그곳에서 잔심부름을 해서 용돈을 벌었는데 이 일 때문에 파티에 발길을 끊게 되었다. 세 번째 파티에서, 마조리 헤이트라는 아이가 짐 가까이서 수군거렸고, 그는 그 말을 고스란히 들어버렸다. "저 애, 가끔 우리 집에 식료품을 배달하러 오는 애야." 그날 이후로 짐은 투스텝도 폴카도 아닌, 원하는 숫자를 마음대로 굴릴 수 있는 주사위 기술을 익혔고, 지난 반세기 동안 이웃 마을에서 벌어진 온갖 충격 사건들에 대한 자극적인 이야기들 속에서 시간을 보냈다.

열여덟 살에 전쟁이 터졌고, 그는 해군에 입대해 찰스턴 해군기지에서 일 년 내내 놋쇠만 닦았다. 기분 전환 삼아 다음 해에는 북쪽 브루클린 기지로 옮겼지만, 그곳에서도 마찬가지로 또 일 년을 놋쇠를 닦으며 보냈다.

전쟁이 끝난 뒤 그는 고향으로 돌아왔다. 스물한 살, 짧고 몸에 꽉 끼는 바지에, 길쭉하고 좁은 단추 달린 구두를 신었으며, 목에는 보라색과 분홍색이 섞인 넥타이를 매고 있었다. 그리고 그 넥타이 위로는, 햇볕에 바랜 천처럼 빛을 잃은 푸른 눈동자가 자리 잡고 있었다.

어느 4월 저녁, 목화밭 너머로 희뿌연 안개가 내려앉고, 땅거미가 눅눅한 마을을 감싸기 시작할 무렵, 짐은 목재 울타리에 몸을 기댄 채 서 있었다. 그는 휘파람을 불며, 잭슨가 너머로 퍼지는 불빛 위에 걸린 달의 가장자리를 바라보았다. 그리고 한 시간 넘도록 같은 생각을 곱씹고 있었다. 젤리빈이—그러니까 바로 그가—파티에 초대된 것이었다.

한때는 모든 남학생들이 여학생을 질색하던 시절이 있었다. 그 무렵 짐과 클라크 대로우는 같은 반 친구였다. 하지만 짐의 사교적인 욕망은 자동차 정비소의 기름 냄새 속에서 사라져버린 반면, 클라크는 사랑에 빠졌다 헤어지기를 반복하고, 대학을 다니고, 술독에 빠졌다가 나오기를 거듭하더니 결국 마을에서 가장 인기 있는 남자가 되었다. 그럼에도 불구하고, 짐과 클라크는 묘하게도 끊어지지 않는 느슨한 우정을 이어왔다. 그날 오후, 클라크의 낡은 포드차가 길가를 걷던 짐의 옆에 멈춰 섰고, 그는 느닷없이 짐을 컨트리클럽 파티에 초대했다. 클라크가 그렇게 충동적으로 초대한 것도, 짐이 그 초대를 덜컥 받아들인 것도 모두 뜻밖의 일이었다. 어쩌면 짐의 마음속 어딘가에는 막연한 권태와, 그보다 조금 더 흐릿한 모험심이 자리하고 있었는지도 모른다. 그리고 지금, 그는 그 일을 진지하게 곱씹고 있었다.

짐은 낮은 목소리로 노래를 흥얼거리며, 보도블록 위로 긴 다리를 뻗어 박자에 맞춰 발을 두드렸다. 발끝에 눌린 보도블록이 그 리듬에 맞춰 덜컹거리며 위아래로 흔들렸다.

한 번 웃어 줘, 젤리빈 타운의 그녀,
그곳엔 내 젤리빈 여왕이 살아.
그녀는 주사위를 참 좋아하고,
주사위도 그녀를 싫어하진 못하지.

노래가 끝나자 짐은 발로 보도블록을 꾹꾹 눌러 밟았다.
"젠장." 그가 낮게 중얼거렸다.

그들은 모두 거기 있을 것이다. 한때 짐이 속했어야 했던, 그 시절의 무리들 말이다. 파월가가 소유했던 그 집을 떠올려보면, 그리고 벽난로 위에 걸려 있던 회색 제복의 초상화가 암시하는 가문과 지위를 생각해보면, 짐도 본래는 그들 가운데 있었어야 했다. 하지만 아이들은 함께 자라며 점점 단단한 그들만의 집단을 형성해 갔다. 그것은 마치 여자아이들의 치맛단이 한 치씩 길어지고, 남자아이들의 바지가 어느 날 문득 발목까지 내려오는 것처럼, 아주 자연스럽고 또렷한 변화였다. 그렇게 그들은 서로를 이름으로 부르고, 서툴고 풋풋한 첫사랑의 추억을 나누는 사이가 되었다. 그 안에서 짐은 철저히 외부인이었다. 짐은 가난한 백인들의 친구였고, 그들과는 다른 세상에 속해 있었다. 남자들 중 몇몇은 그를 알아보았고, 그중 일부는 약간 깔보는 듯한 태도로 인사를 건넸다. 짐이 모자를 들어 여자애 서너명에게 인사했다. 그게 전부였다.

어스름이 짙어지고 달이 떠오르자, 짐은 향기롭고 후끈한 공기로 가득한 마을을 지나 잭슨가로 걸어갔다. 상점들은 하나둘 문을 닫았고, 마지막 손님들이 마치 느릿느릿 돌아가는 회전목마에 올라탄 사람들처럼 집으로 흘러가고 있었다. 거리 아래에 들어선 야시장은 형형색색의 부스로 좁은 골목을 환하게 밝히고 있었고, 그곳에서는 서로 다른 음악들이 뒤엉켜 밤공기 속으로 울려 퍼졌다. 칼리오페에서는 동양풍의 춤곡이 흘러나왔고, 괴물쇼 앞에서는 쓸쓸한 나팔소리가 이어졌으며, 그 옆에서는 손풍금이 〈테네시로 돌아가리〉를 경쾌하게 연주하고 있었다.

젤리빈은 가게에 들러 깃 장식이 달린 새 칼라 하나를 샀다. 그리고 여름이면 저녁마다 차들이 길게 줄지어 서 있는 샘네 소다수 가게 앞을 지나 걷기 시작했다. 검둥이 애들이 그 사이를 뛰어다니며 선데 아이스크림과 레모네이드를 나르고 있었다.

"안녕, 짐."

어깨 너머로 들려온 목소리는 조 유잉이었다. 그는 자동차 안에 있었고, 조수석에는 메릴린 웨이드가, 뒷좌석에는 낸시 라마와 낯선 남자가 타고 있었다.

짐은 재빨리 모자를 들어 인사했다.

"안녕, 벤…" 하고 말한 뒤, 잠깐 말을 멈췄다가 덧붙였다. "다들 잘 지내지?"

그는 그들을 지나쳐, 2층에 자기 방이 있는 정비소 쪽으로 천천히 걸어갔다. 조금 전 "다들 잘 지내지?"라는 인사는 사실 낸시 라마에게 한 말이었다. 그녀에게 말을 건넨 건 열다섯 해 만의 처음이었다.

낸시는, 한 번만 입을 맞춰도 평생 잊을 수 없을 것 같은 입술을 지녔다. 어스름한 빛을 머금은 듯한 눈동자, 그리고 헝가리 부다페스트에서 태어난 어머니에게서 물려받은 푸른빛이 도는 검은 머리카락은 그녀만의 분위기를 더욱 짙게 만들었다. 그녀는 어디에 있든 단숨에 시선을 끌었는데, 짐은 가끔 거리에서 그녀를 마주치곤 했다. 바지 주머니에 손

을 찔러 넣고, 남자아이처럼 느긋하게 걷는 모습으로. 소문
에 따르면, 그녀는 절친한 친구인 샐리 캐롤 호퍼와 함께 애
틀랜타에서 뉴올리언스까지 수많은 남자들의 마음을 휩쓸고
다녔다고 했다.

아주 잠깐 동안 짐은, 자신이 춤을 잘 출 수 있다면 좋겠
다고 생각했다. 그러다 자신이 우습게 느껴져 웃음이 나왔
고, 방문 앞에 다다르자 그는 조용히 콧노래를 흥얼거렸다.

그녀의 젤리롤, 내 영혼을 뒤흔들지.
그녀의 눈은 크고 갈색이야.
그녀는 젤리빈들의 여왕,
내 젤리빈 타운의 진, 내 사랑.

2

밤 아홉 시 반, 짐과 클라크는 샘네 소다수 가게 앞에서
만나 클라크의 낡은 포드차를 타고 컨트리클럽을 향해 달렸
다. 재스민 향이 짙게 밴 밤공기를 가르며 달리던 중, 클라
크가 무심하게 물었다.

"짐, 요즘 뭐 해 먹고살아?"

짐은 잠시 생각한 뒤 대답했다.

"그냥… 틸리네 정비소 위층에 방 하나 얻어서 살고 있어. 오후에 차 고치는 거 도와주는 대신 그냥 쓰게 해준 거야. 가끔은 택시도 몰고. 뭐, 그럭저럭 벌긴 해. 근데 그걸 매일 하라면, 질려서 못 하겠더라고."

"그게 다야?"

"음, 일이 많을 땐 일당을 받고 도와주기도 하지. 주말엔 특히. 근데 진짜 돈 되는 건 따로 있어. 혹시 몰랐나 본데, 내가 이 동네에서 주사위를 제일 잘 던지는 사람이거든. 요즘에는 컵 안에 넣어서 굴리게 돼 있지만, 한번 손에 익으면 숫자가 내 맘대로 나와."

클라크가 웃으며 고개를 끄덕였다.

"난 아무리 해도 도저히 안 되더라. 언제 낸시 라마랑 한 판 붙어봐. 걔, 남자들이랑 주사위 도박을 하는데, 잃는 돈이 걔 아버지도 감당 못 할 정도야. 지난달엔 빚 갚느라 반지 하나를 팔았다는 얘기도 들었어."

짐은 별다른 말 없이 고개만 끄덕였다.

"엘름가에 있던 그 하얀 집은 아직 네 거야?"

짐은 고개를 저었다.

"진작에 팔았지. 요즘 그 동네는 별로지만, 그래도 값은 괜찮게 받았어. 변호사가 자유채권에 넣으라고 해서 그렇게 했고. 그런데 메이미 숙모가 요즘 정신이 오락가락해서 요양원에 계셔. 덕분에 그 채권 이자가 다 거기로 들어가."

"음… 그렇구나."

"북부에 삼촌 한 분이 계시긴 해. 정말 밥줄 끊기면 거기 가야 할지도 몰라. 농장이 나름 괜찮은 편인데, 일할 검둥이들이 부족하대. 나더러 와서 도와달라는데 아직은 내키지 않아. 너무 외로울 것 같아." 그는 잠시 말을 멈췄다가 불쑥 덧붙였다. "클라크, 오늘 초대해 줘서 정말 고마운데… 지금이라도 여기서 차 좀 세워줄래? 그냥 돌아가는 게 나을 것 같아."

"에이, 왜 그래." 클라크가 투덜댔다. "가끔은 바람도 좀 쐬고 그래야지. 꼭 춤출 필요 없어. 그냥 무대에 올라가서 몸만 살짝 흔들면 돼."

"잠깐만." 짐이 불안한 표정으로 말했다. "설마 나를 여자애들 앞에 세워 놓고 혼자 도망가는 건 아니겠지? 나 그런 거 진짜 못 해."

클라크가 웃음을 터뜨렸다.

"그렇게 안 하겠다고 약속 안 하면, 나 지금이라도 내려서

두 발로 잭슨가까지 걸어갈 거야."

결국 두 사람은 조건을 정했다. 짐이 여자애들 앞에서 놀림감이 되지 않게, 무도회장 구석 벤치에 앉아 구경만 하고, 클라크는 틈날 때마다 짐에게 오겠다고 약속했다.

그리하여 밤 열 시, 짐은 다리를 꼬고 팔짱을 낀 채 무도회장 한쪽 벤치에 앉아 있었다. 겉으로는 아무렇지 않아 보였지만, 공손하게 거리감을 두고 무도회장을 바라보는 눈빛에는 자기 자신을 의식하는 마음과 주변에 대한 강한 호기심이 뒤섞여 있었다. 그는 탈의실에서 하나둘씩 나오는 여자들을 바라보았다. 그들은 마치 색색의 새들처럼, 몸을 곧게 펴고 드레스를 매만지며 등장했다. 파우더를 가볍게 두드린 어깨 너머로, 무도회장 가장자리에 앉은 중년 여성들, 일종의 보호자이자 감시자에게 살짝 미소를 건넸고, 동시에 방 안을 재빨리 훑어보며 자신의 등장에 대한 반응을 살폈다. 그리고는 다시 새처럼, 기다리고 있는 남자들의 팔에 차분하게 내려앉았다. 샐리 캐롤 호퍼는 그녀답게 핑크 드레스를 입고 졸린 듯한 눈으로 사방을 둘러보며 등장했다. 막 피어난 장미 같았다. 정오까지 잭슨가에서 웃고 떠들던 마조리 헤이트, 메릴린 웨이드, 해리엇 캐리는 머리를 곱게 말아 기름을 바르고, 화장을 한 채 나타났다. 그들은 마치 공장에서 막 나온 핑크, 파랑, 빨강, 금빛의 드레스덴 인형처럼 뻣뻣했고, 어딘가 아직 색칠이 덜 마른 듯 보였다.

짐은 그 자리에 앉은 지 삼십 분이 넘었지만, 클라크가 가끔 다가와 "잘 지내냐, 친구!" 하며 무릎을 툭 치고 가는 인사만으로는 도무지 위안이 되지 않았다. 열댓 명쯤 되는 남자들이 말을 걸거나 옆에 잠시 앉았다 갔지만, 짐은 그들 모두가 자신이 이곳에 있는 것을 의아해하고, 심지어 몇몇은 불쾌하게 여기고 있다는 인상을 떨칠 수 없었다. 하지만 열시 반이 되었을 때, 모든 당혹감은 거짓말처럼 사라졌다. 숨이 턱 막히는 듯했고, 가슴속 어딘가에서 낯선 감정이 일렁이기 시작했다. 낸시 라마가 탈의실에서 나온 것이다.

그녀는 노란 오르간디 드레스를 입고 있었다. 세 겹으로 곱게 주름 잡힌 치맛단과 등 뒤에 묶은 커다란 리본이 부드러운 곡선을 그렸다. 그녀는 검정과 노란빛이 번갈아 반사되는 드레스를 입고 조용히 무도회장 안으로 걸어 들어왔다. 그 순간, 짐의 눈이 커졌고, 목 안에서 뜨거운 감정이 울컥 치밀어 올랐다. 그녀는 문가에 잠시 멈춰 서 있다가, 파트너가 급히 다가오자 그의 팔에 자연스럽게 팔짱을 끼며 무언가를 낮게 속삭였다. 웃음이 피어났고, 그 남자도 따라 웃었다. 짐은 그가 그날 오후 조 유잉의 차 안에서 낸시 옆에 앉아 있던 낯선 남자라는 걸 알아차렸다. 그 순간, 짐은 낯설고도 아픈 감정이 가슴 깊숙이 밀려드는 걸 느꼈다. 두 사람 사이엔 분명 무언가 밝은 빛 같은 것이 오갔고, 그것은 방금 전까지 짐을 따뜻하게 데워주던 그 태양 빛의 한 조각이었다. 그는 자신이 그늘 속에 자라난 이름 모를 잡초처럼 느껴졌다.

잠시 뒤, 클라크가 다가왔다. 눈을 반짝이며 여느 때처럼 말했다.

"어때, 괜찮지?"

"그럭저럭 괜찮아." 짐은 무던하게 대답했다.

"따라와 봐. 오늘 밤을 즐기게 해 줄 뭔가를 준비했어."

클라크는 다짜고짜 짐을 데리고 2층 락커룸으로 향했다. 무도회장을 가로질러 올라간 그곳에서, 그는 유리병 하나를 꺼냈다. 병에는 이름 모를 노란 액체가 담겨 있었다.

"끝내주는 옥수수 위스키야."

곧 진저에일도 쟁반에 담겨 도착했다. '끝내주는 옥수수 위스키' 같은 독한 술에는 희석할 탄산수가 필요했다.

"짐, 그런데 말이지." 클라크가 숨을 들이쉬며 말을 꺼냈다. "낸시 라마, 예쁘지 않냐?"

짐은 고개를 끄덕였다.

"정말 예쁘지."

"오늘 제대로 차려입고 나왔더라. 작별 인사하려고 말이야." 클라크가 계속 말했다. "낸시 옆에 있던 놈 봤지?"

"덩치 큰 놈? 흰 바지 입은?"

"맞아, 걔. 서배너에서 온 오그던 메리트야. 그 면도기 만드는 메리트 씨 아들. 아무튼 그 자식, 낸시한테 푹 빠져서 일 년 내내 따라다녔지."

하고 클라크가 말을 이었다.

"낸시가 만만한 상대는 아니지. 그래도 난 걔가 좋아. 걜 안 좋아하는 애들이 없겠지만 말이야. 근데 걔는, 하는 짓이 좀 막무가내야. 늘 무슨 사고를 치긴 치는데, 또 기가 막히게 빠져나와. 덕분에 어딜 가든 화젯거리는 되지. 물론 좋은 얘기만은 아니지만."

"그래?" 짐이 잔을 들며 말했다. "이 '끝내주는 옥수수 위스키', 제법인데?"

"그렇지?" 클라크가 웃었다. "하여튼 걔는 무서울 게 없다니까. 주사위 도박 정도야 애교지. 하이볼도 자주 마셔. 오늘 한잔 사주기로 했어."

"낸시가 그 메리트라는 남자한테 빠진 거야?"

"그건 나도 모르겠어. 하지만 요즘 이 동네 괜찮은 여자애들은 죄다 결혼해서 어딘가로 가버리는 것 같아."

클라크는 한 잔 더 비우고, 조심스럽게 병을 닫았다.

"짐, 난 이제 춤추러 가야겠다. 이 병 네 주머니에 넣어 줘. 내가 술 마신 거 들키면, 다들 줄줄이 달려와서 한 잔씩 달라고 할 거야. 그럼 내 몫은 금방 사라질 테고, 남들만 좋은 일 시키는 거지."

그리하여 짐은, 낸시 라마가 곧 결혼할지도 모른다는 사실을 알게 되었다. 마을 최고의 인기녀가, 흰 바지를 입은 누군가의 '사적 소유'가 될지도 모른다니. 단지 그 남자의 아버지가 좀 더 괜찮은 면도기를 만들었다는 이유만으로. 짐은 계단을 내려가며 알 수 없는 우울감에 잠겼다. 그는 생전 처음, 어렴풋하고도 낭만적인 그리움을 느꼈다. 그의 머릿속에 낸시의 모습이 떠올랐다. 소년처럼 거리를 당당히 걷고, 그녀를 숭배하는 과일가게 주인에게서 십일조로 오렌지를 받아내고, 샘네 소다수 가게에선 정체 모를 누군가의 외상 계정으로 음료를 시키고, 구혼자들의 무리 속에서 노래하며 물장구치며, 한낮의 행진을 떠나는 그녀의 모습.

젤리빈은 현관을 벗어나 무도회장과 잔디밭 사이 어둑한 구석을 찾았다. 그곳엔 빈 의자가 하나 있었고, 그는 거기 앉아 담배에 불을 붙여 물고는 조용히 몽상에 잠겼다. 밤공기의 열기와 드레스 앞섶에 뿌린 분 냄새가 눅눅한 바람을 타고 스며들자, 그의 몽상은 점점 또렷해졌다. 음악은 시끄러운 트롬본 소리에 눌려 멀게만 들렸고, 구두와 드레스 슈즈가 바닥을 스치는 소리는 지지직거리듯 느릿한 열기와 섞여 흐릿한 그림자를 만들어냈다.

그때였다. 무도회장 문에서 새어나오던 네모난 노란 빛이 누군가의 그림자에 가려졌다. 한 여자가 탈의실에서 나와 현관 근처에 멈춰 섰고, 그녀와 짐 사이의 거리는 고작 열 걸음 남짓이었다. "젠장." 그녀가 낮게 중얼거리더니 돌아서며 짐을 보았다. 낸시 라마였다.

짐은 벌떡 일어섰다.

"안녕?"

"응, 안녕." 그녀는 잠시 망설이다가 다가왔다. "아, 짐 파월이구나."

그는 고개를 살짝 숙이며 인사했고, 적당한 말을 찾으려 애썼다. 그런데 그녀가 먼저 입을 열었다.

"있잖아… 혹시 껌에 대해서 잘 알아?"

"뭐라고?"

"누가 바닥에 껌을 버려놨어. 하필 내가 밟았지 뭐야."

짐은 쓸데없이 얼굴이 붉어졌다.

"이거 어떻게 떼는지 알아?" 그녀가 성가신 듯 툭 내뱉었다. "칼도 써보고, 탈의실에 있는 거 다 동원했지. 비누에 물에 향수까지 써봤는데, 내 파우더 퍼프만 망가졌어."

짐은 잠시 망설이다가 말했다.

"그거, 아마 휘발유면 되지 않을까….."

짐의 말이 끝나기도 전에, 낸시는 벌써 그의 손을 움켜쥐고 있었다.

"좋아, 그럼 가자!"

그녀는 짐을 이끌고 낮은 베란다에서 뛰어내린 뒤 꽃밭을 가볍게 넘고 골프 코스 첫 번째 홀 옆에서 주차된 자동차들 사이로 달려갔다.

"연료통 좀 열어봐, 휘발유 꺼내게!" 그녀가 숨을 헐떡이며 말했다.

"뭐라고?"

"껌을 떼야지! 이걸 떼야 춤을 추지!"

짐은 그녀 말대로 자동차를 하나씩 살펴보기 시작했다. 그녀가 엔진 실린더가 필요하다고 했다면, 짐은 아마 기꺼이 엔진을 통째로 분해했을 것이다.

"자, 여기!" 차를 둘러보던 짐이 말했다. "이 차가 제일 낫겠어. 손수건은 있어?"

"위층 놔뒀어. 비누랑 물 닦는 데 썼거든."

짐은 주머니를 뒤졌다.

"나도 없는데."

"에잇, 그냥 바닥에 흘리자!"

짐이 뚜껑을 돌리자 휘발유가 똑똑 떨어지기 시작했다.

"좀 더!"

그녀가 다급하게 외치자, 짐은 뚜껑을 더 열었다. 휘발유가 쏟아지며 바닥에 번들거리는 웅덩이가 생겼다. 그 위로 달빛이 여러 겹으로 반사되어 반짝였다.

"좋아." 그녀가 숨을 내쉬며 말했다. "전부 흘려. 그냥 밟기만 해도 떨어질 정도로."

짐은 뒷일을 생각하지 않고 뚜껑을 완전히 열었다. 기름은 바닥을 따라 흘러내려 작은 시냇물처럼 퍼져나갔다.

"그래, 이 정도는 돼야지."

낸시는 치마를 살짝 걷고, 조심스럽게 웅덩이 안으로 발을 디뎠다.

"이젠 껌이 떨어지겠지?" 그녀가 중얼거렸다.

짐의 얼굴에 미소가 번졌다.

"차야 뭐, 여기 널렸지."

낸시는 웅덩이에서 조심스럽게 발을 빼더니, 자동차 발판에 드레스 슈즈의 바닥과 옆을 문질렀다. 짐은 그 모습을 보자 더 이상 참지 못하고 허리가 꺾일 정도로 웃음을 터뜨렸다. 곧 그녀도 따라 웃었다.

"너, 클라크 대로우랑 같이 왔지?" 그녀가 물었다.

"응."

"걔 지금 어디 있는지 알아?"

"춤추고 있겠지."

"걔가 나한테 하이볼 사주기로 했는데."

"음, 그런 거라면 괜찮을지도. 그 녀석 술병, 지금 내 주머니에 있거든."

낸시가 반짝 웃었다.

"그럼 진저에일만 있으면 되는데…."

"아니, 그냥 그 술병만 있으면 돼."

"진짜?"

그녀는 코웃음을 쳤다.

"에이, 날 너무 얕보지 마. 나, 남자만큼 마신다고. 여기 앉자."

낸시는 테이블 한쪽에 털썩 걸터앉았고, 짐도 조심스럽게 그 옆 라탄 의자에 앉았다. 낸시는 코르크 마개를 뽑더니, 병째 입술에 대고 한 모금 길게 들이켰다. 짐은 넋을 놓고 그 모습을 바라보았다.

"맛있어?"

낸시는 숨을 몰아쉬며 고개를 저었다.

"아니, 맛은 엉망이야. 근데 기분은 좋아져. 다들 그래서 마시는 거 아냐?"

짐도 고개를 끄덕였다.

"우리 아버지도 술을 너무 좋아하셨어. 결국엔 술에 먹혀버렸지만."

"미국 남자들은 말이야, 술을 마실 줄을 몰라." 낸시가 진지하게 말했다.

"뭐라고?"

"아니, 사실 미국 남자들은 뭐든 제대로 할 줄 아는 게 없어. 내 인생 최대의 후회는 영국에서 태어나지 못한 거야."

"영국?"

"응. 직접 가본 적은 없지만, 전쟁 중에 여기 와 있던 영국 장교들을 꽤 만났거든. 옥스퍼드, 케임브리지 출신들. 우리로 치면 세와니나 조지아 대학쯤 되지. 그리고 영국 소설도 많이 읽었고."

짐은 어안이 벙벙했지만, 점점 더 그녀에게 빠져들고 있었다.

"다이애나 매너스 부인이라고 들어봤어?"

짐은 고개를 저었다.

"난 그 부인처럼 되고 싶어. 어둡고, 좀 거친 게, 분위기도 그렇고, 눈빛도 그렇고, 나랑 정말 닮았거든. 그 부인이 언젠가 말을 타고 교회 계단을 그대로 올라간 적이 있었대. 그랬더니 소설 속 여주인공들이 죄다 그 장면을 따라 하더라니까."

짐은 예의상 고개를 끄덕였지만, 그녀의 말을 따라가기가 점점 힘들었다.

"술병 좀 줘봐. 한 모금만 더 마실게. 이 정도는 괜찮아."

그녀는 또 한 모금 들이켰고, 숨을 가볍게 몰아쉬며 말을 이었다.

"영국 사람들은 뭔가 다르다니까. 멋이라든지, 품격 같은 게 있어. 그런데 이 동네 남자애들은… 멋도 없고, 품격도 없고, 그냥 그래. 그런 애들 앞에서 내가 왜 대단한 척하고 예쁘게 꾸며야 해? 무슨 말인지 알겠니?"

"알 것 같기도 하고… 아닌 것 같기도 하고…." 짐은 멍한 얼굴로 중얼거렸다.

"언젠가 한번쯤은 제대로 멋 좀 부리고 싶어. 이 동네에서 스타일을 좀 아는 여자는 나 하나뿐이잖아."

그녀는 팔을 길게 뻗으며 하품을 했다.

"날씨 참 좋다."

"그러게."

"보트 하나 있었으면 좋겠다." 그녀가 꿈꾸듯 말했다. "템스강 같은 데서 유유히 떠다니면서, 샴페인에 캐비어 샌드위치 잔뜩 챙기고, 여덟 명쯤 같이 타는 거지. 그중 한 남자가 웃기겠다며 물에 뛰어들었다가, 진짜로 익사해 버리는 거지. 다이애나 매너스 부인이랑 같이 있던 남자가 그랬대."

"그 남자, 그녀를 웃기려고 물에 뛰어든 거야?"

"죽으려고 그런 건 아니고, 그냥 웃기려고. 근데 진짜 죽은 거지."

"사람들이 웃었을까?"

"글쎄, 좀 웃었겠지." 그녀가 덤덤하게 말했다. "적어도 다이애나 매너스 부인은 웃었을 거야. 굉장히 강한 여자였을 테니까. 나처럼."

"네가 강해?"

"그럼. 난 웬만해서는 안 무너져. 완전 돌덩이 같아." 그녀는 다시 하품을 하더니 말했다. "한 모금만 더 줘봐."

짐이 망설이자, 그녀는 당당히 손을 뻗으며 말했다.

"날 여자애 취급하지 마. 난 네가 아는 여자들과는 달라."

낸시가 잠시 생각에 잠긴듯 하더니 말을 이었다. "그래, 어쩌면 네가 맞을지도 몰라. 넌, 왠지 좀 어른스러운 구석이 있으니까."

그녀는 벌떡 일어나 문 쪽으로 걸어갔다. 짐도 따라 일어났다.

"잘 가." 그녀는 예의 바르게 인사하며 말했다. "고마웠어, 젤리빈."

그녀는 무도회장 안으로 사라졌고, 짐은 현관 근처에 홀로 남아 멍하니 서 있었다.

3

자정이 되자, 여성 탈의실에서 코트를 걸친 여자들이 하나둘 줄지어 나왔다. 마치 무도회에서 커플이 마주 서듯, 남자 파트너와 나란히 선 그들은 졸린 얼굴에 행복한 웃음을 머금고 문밖 어둠 속으로 걸어 나갔다. 밖에선 자동차들이 천천히 물러가거나 시동을 걸며 낮은 숨소리를 냈고, 이곳 저곳에서 서로를 부르며 삼삼오오 냉수기 근처에 모여 웅성거렸다.

짐은 한쪽 구석에 앉아 있다가 클라크를 찾아 자리에서 일어났다. 두 사람은 열한 시쯤 한 번 마주쳤고, 클라크는 다시 춤추러 들어갔었다. 짐은 무도회장을 한 바퀴 돌며 클라크를 찾아보다 음료 코너로 발걸음을 옮겼다. 그곳에는 카운터 뒤에서 졸고 있는 검둥이 웨이터 한 명과, 테이블에 앉아 주사위를 만지작거리며 시간을 보내는 남자 둘뿐이었다. 짐이 막 그곳을 나서려던 순간, 클라크가 문을 열고 들어왔다. 고개를 든 클라크는 짐을 발견하고 외쳤다.

"어이, 짐! 이리 와서 남은 술 좀 털자. 얼마 안 남았지만, 한 잔씩은 돌릴 수 있을 거야."

낸시와 서배너에서 온 남자, 메릴린 웨이드, 조 유잉이 입구에 기대 웃고 있었다. 짐과 눈이 마주친 낸시는 장난스레 윙크를 보냈다.

그들은 테이블로 모여 앉아 진저에일을 기다리며 이런저런 이야기를 나누었다. 짐은 어색한 기분을 감추려 고개를 돌렸다. 이웃 테이블에서 낸시가 주사위 게임에 몰두하고 있는 모습이 눈에 들어왔다. 그녀의 볼은 발그레했고, 꽤 들떠 있는 듯했다.

"그거 여기로 가져와." 클라크가 제안했다.

조가 주위를 둘러보며 말했다.

"사람이 몰리면 안 돼. 클럽 규칙에 어긋나."

"지금은 아무도 없잖아." 클라크가 우겼다. "테일러 씨만 빼고. 그 사람 지금 누가 자기 차에서 휘발유를 빼 갔다고 난리야. 완전 미친 사람처럼."

모두 웃음을 터뜨렸다.

"낸시 구두에 또 뭐가 묻었다에 백만 달러 건다. 걔 근처에 차를 세우면 안 돼."

"이봐, 낸시! 테일러 씨가 너 찾고 있대!"

낸시는 주사위에 흠뻑 빠져 두 볼이 활활 달아올라 있었다. "그 자의 똥차를 본 지 이 주는 넘었거든."

그때, 방 안 분위기가 갑자기 가라앉았다. 문가에 누군가 서 있었다. 나이를 가늠하기 어려운 남자였다.

어색한 정적을 깨듯, 클라크가 먼저 말했다.

"앉으시죠, 테일러 씨."

"고맙네." 남자가 천천히 다가와 자리에 앉았다.

테일러 씨는 마지못해 자리에 앉더니, 곧 존재감을 한껏 드러냈다.

"기다릴 수밖에 없지. 누가 장난을 쳐서 내 차에 휘발유가 하나도 없거든."

그는 눈을 가늘게 뜨고 테이블 주위를 하나하나 훑어보았다. 짐은 그가 문가에서 들은 게 있는지 궁금했다. 모두 자신이 무슨 말을 했는지 되새겼다.

"오늘은 완전 운이 좋은 날이에요!" 낸시가 외쳤다. "50센트 걸게요!"

"나도 50센트 걸지!" 테일러 씨가 느닷없이 받아쳤다.

"어머, 테일러 씨도 주사위 게임 하세요?" 낸시가 놀란 듯 말했다. 둘은 예전부터 사이가 좋지 않았다. 특히 테일러가 몇 차례 집요하게 접근했다가 낸시에게 단칼에 거절당한 이후, 둘 사이가 싸늘하다는 것은 모두가 아는 사실이었다.

"자, 얘들아, 엄마를 위해 한 번만 잘 굴러 줘."

낸시는 주사위에 속삭이듯 말하며, 자신 있게 손을 들고 흔들다가 테이블 위로 주사위 두 개를 굴렸다.

"아하! 이럴 줄 알았어. 이번엔 판돈 1달러 더!"

낸시가 다섯 판 연속으로 이기자 테일러 씨의 표정은 점점 굳어졌다. 낸시는 마치 감정을 주사위에 실은 듯, 이길 때마다 얼굴에 짜릿한 희열을 숨기지 않았다. 판돈은 계속 두 배로 올랐고, 한동안 그녀에겐 운이 따라주는 듯했다. 하지만 늘 그렇듯 행운은 오래가지 않았다.

"서두르지 마." 짐이 조심스레 말했다.

"그런데, 이것 좀 봐 봐." 낸시가 속삭였다. 주사위는 '8'

을 가리켰고, 그녀는 재빨리 숫자를 불렀다.

"애야, 이번엔 남쪽으로 가 보렴!"

주사위가 테이블을 굴렀고, 그녀의 볼은 홍조를 띠고 있었다. 흥분에 가까운 상태였지만, 운은 이상하리만치 계속 그녀 편이었다. 그녀는 멈추지 않고, 판돈만 계속 끌어올렸다. 테일러는 손가락으로 테이블을 두드리며 무표정하게 버텼다.

그러다 낸시는 판돈 10달러짜리에서 주사위를 잃고 말았다. 테일러가 그것을 재빨리 집어들었다. 그는 말없이 주사위를 던졌고, 방 안은 고요해졌으며 주사위가 부딪히는 소리만 또각또각 울려 퍼졌다.

이제 다시 낸시의 차례였지만, 그녀의 행운은 다한 듯 보였다. 한 시간 가까이 이어진 팽팽한 승부 끝에, 결국 두 사람은 원점으로 돌아왔다. 그리고 낸시는 마지막 남은 5달러마저 잃었다.

"수표도 받죠?" 그녀가 숨을 몰아쉬며 말했다. "50달러짜리 이거, 몽땅 걸게요." 그녀의 목소리는 떨렸고, 돈을 건네는 손끝도 미세하게 떨리고 있었다. 클라크는 조 유잉과 눈을 마주치며 불안한 표정을 지었다. 테일러는 묵묵히 주사위를 던졌고, 마침내 낸시의 수표를 손에 넣었다.

"한 판 더요." 낸시가 거칠게 말했다. "다른 은행 수표도 돼요? 돈은 세상에 널렸는걸요."

짐은 무슨 일이 벌어졌는지 깨달았다. 문제는 그가 건넨 '끝내주는 옥수수 위스키'였다. 그는 낸시가 진짜로 은행 계좌를 두 개나 가질 만한 나이가 아니라는 걸 알고 있었다. 그리고 이제, 그 위태로운 내기에 자신이 끼어들었다는 사실이 점점 그를 조여 왔다. 시계가 두 시를 알리자, 짐은 더는 참을 수 없었다.

"내가, 대신 던지면 안 될까?" 그는 긴장된 목소리로 조심스럽게 말했다.

낸시는 마치 기운이 다 빠진 듯 멍한 얼굴로 주사위를 그에게 툭 던졌다.

"좋아, 어른스러운 내 친구! 다이애나 매너스 부인처럼 말해 볼게. '어디 한번 던져봐, 젤리빈.' 내 운은 이제 다한 것 같거든."

"테일러 씨," 짐이 아무렇지 않게 말했다. "저기 있는 수표랑 현금 걸고, 저랑 한판 하시죠."

삼십 분쯤 지나자, 낸시가 앞으로 비틀거리며 다가와 짐의 등을 가볍게 두드렸다.

"내 운을 네가 다 훔쳐 갔구나." 그녀는 고개를 천천히 끄덕이며 혼잣말하듯 중얼거렸다. 짐은 테이블 위에 있던 마지막 수표들을 하나로 모아 손에 쥐더니, 그것들을 잘게 찢어 바닥에 흩뿌렸다. 그제야 누군가가 흥얼거리듯 노래를 시작했고, 낸시는 의자를 뒤로 밀치며 자리에서 벌떡 일어났다.

"신사 숙녀 여러분!" 그녀가 중심을 잡지 못하며 외쳤다. "특히 숙녀 여러분! 그래, 메릴린, 너 말이야! 난 오늘 꼭 말하고 싶어. 이 마을에서 '젤리빈'이라 불리는 짐 파월은요, '주사위엔 행운, 사랑엔 불운'이라는 뻔한 속담에 해당되지 않는 유일한 사람이란 걸요!" 그녀는 짐을 가리키며 목소리를 높였다. "그는 주사위에도 운이 따르고… 사랑에도 운이 따랐어요. 왜냐하면… 내가, 내가 그를 사랑하게 됐거든요!" 그녀는 손을 높이 들고 환하게 웃었다. "《헤럴드》에 '젊은 세대의 얼굴'로 자주 실렸던 흑발의 미인, 바로 이 낸시 라마가 지금 이 자리에서 전하고 싶은 말은요…." 그 순간 그녀의 몸이 휘청였고, 클라크가 재빨리 달려가 그녀를 붙잡아 일으켰다.

"앗, 실수했네." 낸시가 웃었다. "내가 좀 비틀거렸어…. 아무튼, 짐 파월, 젤리빈을 위해 건배하자. 젤리빈의 왕, 짐 파월을 위하여!"

잠시 뒤, 짐은 클라크를 기다리며 현관 한쪽 구석에 서 있었다. 낸시가 아까 휘발유를 찾으러 왔던 바로 그 자리였다. 그런데 그녀가 조용히 다가와 짐 옆에 섰다.

"젤리빈? 여기 있었구나. 있지⋯." 그녀의 살짝 비틀거리는 모습마저, 짐에게는 꿈처럼 느껴졌다. "넌⋯ 나의 가장 달콤한 키스를 받을 자격이 있어, 젤리빈."

그녀는 짐의 목에 팔을 감고 입술을 찍어 눌렀다.

"난 제멋대로야, 젤리빈. 그래도⋯ 넌 오늘 내게 참 친절했어."

그리고 그녀는 떠났다. 현관을 내려가 잔디밭을 가로질러 어둠 속으로 사라졌다. 귀뚜라미 소리만이 남았다. 짐은 메리트가 현관에 나와 낸시에게 뭔가 화를 내며 말하는 모습을 멀리서 보았다. 낸시는 그저 웃더니 시선을 피하며 메리트의 차 쪽으로 걸어갔다. 메릴린과 조가 그 뒤를 따르며 졸린 목소리로 재즈 선율을 흥얼거렸다.

곧 클라크가 나와 짐 곁에 섰다. "다들 꽤 취했나 봐." 클라크가 하품하며 말했다. "메리트는 완전 기분 상한 얼굴이더라. 낸시랑은 끝난 것 같아."

골프 코스 너머 동쪽 하늘에는 옅은 회색빛이 번지기 시작했다. 어둠의 끝이 풀리며 자동차 엔진 소리가 낮게 깔렸고, 사람들의 노랫소리는 그 위로 흘러갔다.

"다들 잘 가!" 클라크가 외쳤다.

"잘 가, 클라크!"

"안녕!"

잠시 정적이 흐른 뒤, 누군가가 부드럽고 밝은 목소리로 덧붙였다. "잘 가, 젤리빈."

차는 노랫소리와 함께 멀어져 갔다. 맞은편 농장에서 외로운 수탉이 울었고, 마지막 검둥이 웨이터가 현관 불을 껐다. 짐과 클라크는 포드차 쪽으로 천천히 걸어갔다. 자갈 밟는 소리가 바삭바삭 울려 퍼졌다.

"와, 너 진짜 주사위 끝내주게 던지더라." 클라크가 낮은 목소리로 감탄했다.

아직 어둠이 짙어서 짐의 볼에 떠오른 익숙지 않은 붉은 빛을 그는 보지 못했다. 그것은 부끄러움에서 비롯된 것이었다.

4

잭슨가 당구장 위, 틸리 정비소 2층에 있는 방. 그 삭막한 공간은 하루 종일 아래층에서 울려 퍼지는 기계음과, 세차를 하며 검둥이들이 부르는 노랫소리로 가득했다. 방 안에는 침대 하나와 오래된 책상 하나만 덩그러니 놓여 있었다. 책상 위에는 몇 권의 책이 어지럽게 펼쳐져 있었다. 조 밀러의 《아칸소로 향하는 완행열차》, 옛날 글씨체로 주석이 빼곡하게 달린 낡은 판본의 《루실》, 해럴드 벨 라이트의 《세상의 눈》, 그리고 앞장에 '앨리스 파월'이라는 이름과 '1831년'이 적힌 오래된 성공회 기도서 한 권.

짐이 차고에 들어설 무렵, 동쪽 하늘은 잿빛이었다. 하지만 그가 방 안의 전등을 켜고 다시 끄는 사이, 창밖은 어느새 선명하고 깊은 푸른빛으로 물들어 있었다. 그는 불을 끄고 창가로 다가가 창틀에 팔꿈치를 괴고는 점점 짙어지는 아침 풍경을 바라보았다. 가장 먼저 찾아온 건 공허함이었다. 이전까지는 느껴본 적 없는, 삶이 허무하다는 먹먹한 통증. 어딘가에서 갑자기, 자신을 가로막는 벽이 솟아오른 듯한 기분. 그 벽은 이 쓸쓸한 방 안의 흰 벽처럼 구체적이고 분명했다. 그 벽을 자각한 순간, 그가 믿어왔던 삶의 낭만, 무심한 척하며 살아온 태도, 아무 계산 없이 베풀던 너그러움, 가게마다 익숙한 농담을 건네며 거리를 천천히 거닐던 감성, 흐르는 시간에 애틋함을 느낄 줄 알던 마음까지… 모두 무너져 내렸다. 그런 젤리빈은 더 이상 존재하지 않았다. '젤리빈'이라는 이름마저 이제는 부끄럽게 느껴졌다. 그는 문득 깨달았다. 메리트는 자신을 분명 깔봤을 것이다. 낸시가 새벽녘에 남긴 그 키스조차, 메리트의 눈에는 질투보다는 경멸의 대상이었을 것이다. 그녀가 그렇게까지 자신을 낮췄다는 사실 자체가, 그에겐 모욕이었을 테니까. 그리고 젤리빈 자신도, 어쩌면 그녀를 위해 정비소에서 익힌 속임수를 써먹은 것이나 다름없었다. 그는 그녀의 도덕적 얼룩을 대신 짊어진 셈이었다. 그녀는 다시 깨끗해졌고, 남은 얼룩은 온전히 그의 몫이 되었다.

새벽빛이 방 안을 가득 채워오자, 그는 침대에 몸을 던졌다. 침대 모서리를 꼭 움켜쥔 채, 그는 외쳤다.

"난… 낸시를 사랑해. 젠장."

그 말을 내뱉는 순간, 목에 걸려 있던 무언가가 스르르 풀렸다. 공기가 맑아졌고, 아침 햇살은 방 안을 환히 채워왔다. 그는 얼굴을 베개에 묻고, 낮고 무겁게 울기 시작했다.

한창 햇볕이 내리쬐는 오후 세 시, 클라크 대로우가 덜컹거리는 포드차를 몰고 잭슨가를 지나던 중이었다. 길가에 서 있던 짐을 발견하고 손을 번쩍 들었다.

"이제 일어난 거야?" 클라크가 차를 세우며 말했다.

"한숨도 못 잤어." 짐이 말했다. "도무지 진정이 되질 않아서 시골길을 한참 걷다가 이제 막 돌아오는 길이야."

"그럴 줄 알았어. 나도 하루 종일 그런 기분이더라."

"나, 이 마을을 떠날까 해." 짐이 생각에 잠긴 얼굴로 말을 이었다. "북부에 있는 삼촌 농장으로 가서 일 좀 도울까 해. 이제 그만 빈둥거릴 때가 된 것 같아서."

클라크는 아무 말 없이 그를 바라봤고, 짐은 계속해서 말했다. "메이미 숙모가 돌아가시면, 내 몫으로 남는 돈을 농장에 투자해 볼까 싶어. 우리 집안이 원래 그 동네 출신이잖아. 한때는 땅도 꽤 있었고."

클라크는 놀랍고도 신기한 눈빛으로 짐을 바라보며 고개를 끄덕였다.

"희한하네. 나도 요즘 비슷한 생각 하고 있었거든."

짐은 그 말에 잠시 놀란 듯하다가 조심스레 말을 이었다.

"모르겠어. 어젯밤 낸시가 했던 말이 자꾸 맴돌아. 그… 다이애나 매너스 부인 얘기 말이야. 영국 여잔데, 그 이야기를 듣는데 이상하게 마음이 철렁하더라고." 짐은 등을 곧게 펴며 자세를 고쳐 앉았다. 그의 눈빛엔 이전과는 다른 단단함이 서려 있었다. "나도 한때는 가족이 있었는데 말이야."

하고 퉁명스럽게 말했다.

클라크가 고개를 끄덕였다.

"그랬지."

"어쨌든, 이제 남은 건 나 하나뿐이야. 우리 집안에서."
짐의 목소리는 점점 격해졌다. "근데 지금 내 꼴 좀 봐. 사
람들은 나를 그냥 '젤리빈'이라 불러. 흐물흐물하고, 나약하
고, 사람 구실도 못 하는 인간이라고. 우리 집안이 잘나갈
땐 별 볼 일 없던 놈들이, 지금은 길에서 나 마주치면 콧방
귀부터 뀌고 지나간다고."

클라크는 계속 말이 없었다.

"이제는 좀 달라져야 할 것 같아. 그래서 오늘 떠나기로
했어. 나중에 이 마을에 돌아올 땐, 나도 떳떳하게 신사처럼
나타나고 싶어."

클라크는 손수건을 꺼내 이마의 땀을 닦았다.

"어제 일로 너만 심란한 게 아니야." 그가 침울한 목소리
로 말했다. "이제 여자애들이 그런 식으로 행동하는 일은 더
이상 없어야지. 안타깝긴 해도, 어젯밤 그 일은 온 동네 사
람들이 다 봤잖아."

"잠깐만… 그 얘기가 다 퍼졌다는 거야?" 짐이 놀란 눈으
로 물었다.

"퍼졌지, 안 퍼질 수가 있겠냐. 오늘 저녁 신문에도 날 거야. 라마 박사도 체면 때문에 어떻게든 수습은 해야 할 테고."

짐은 말없이 차 옆면에 손을 올렸다. 길고 마른 손가락이 차체를 움켜쥐었고, 손끝엔 힘이 잔뜩 들어가 있었다.

"그럼… 테일러가 낸시가 건넨 수표들, 그게 그녀 아버지 이름으로 된 거라는 걸 알아챘단 말이야?"

이번엔 클라크가 놀란 얼굴로 짐을 바라보았다.

"너, 그 얘기는 아직 못 들었구나?"

짐의 굳은 얼굴로 대답은 충분했다.

"세상에나." 클라크는 잠시 말을 멈추더니, 살짝 과장된 어조로 말을 이었다. "어젯밤 그 녯이 옥수수 위스키를 한 병 더 비우고 완전 취해서, 마을 사람들 모두한테 뒤통수 제대로 치자고 작정했대. 결국, 낸시랑 메리트가 오늘 아침 일곱 시에 록빌에서 결혼해버렸어."

짐의 손가락이 짚고 있던 차체에 작지만 선명한 자국이 남았다.

"결혼… 했다고?"

"그렇다니까. 낸시가 술 깨고 나서 울면서 돌아왔다더라. 완전히 겁에 질려서, 이건 다 실수였다고 했대. 라마 박사는 처음엔 총이라도 꺼낼 기세였는데, 어찌어찌 수습을 해서, 결국 둘은 오늘 오후 두 시 반 기차를 타고 서배너로 갔어."

짐은 눈을 감았다. 밀려오는 구역질을 가까스로 참았다.

"안타깝지." 클라크가 담담히 말했다. "결혼 자체는 나쁠 게 없지만, 낸시가 그 사람을 정말 좋아한 것 같진 않아. 그래도 가족한테 그렇게 상처 주는 건 좀 심했지."

짐은 조용히 차에서 손을 떼고 몸을 돌렸다. 그의 안에서 또다시 무언가가 바뀌고 있었다. 겉으로는 알 수 없지만, 저 깊은 어딘가에서 천천히, 그러나 분명하게 일어나는 변화. 마치 마음속에서 느릿하게 퍼지는 화학 작용처럼 설명하기 어려운 움직임이었다.

"어디 갈 거야?" 클라크가 물었다.

짐은 고개를 돌린 채 힘없이 중얼거렸다.

"가 봐야겠어. 너무 오래 깨어 있었더니 몸이 안 좋아."

"아, 그래⋯."

오후 세 시의 거리는 뜨거웠다. 네 시가 되어도 쏟아지던 열기는 식을 줄 몰랐다. 4월의 먼지는 한때 태양마저 덮을 듯 일었다가, 다시금 공기 속을 부옇게 메웠다. 오래된 농담처럼 되풀이되던 지루한 오후는 마치 영원히 끝나지 않을 것만 같았다. 그러다 네 시 반 무렵, 거리엔 처음으로 잔잔한 고요가 내려앉았고, 차양 아래와 나뭇가지 사이로 그늘이 길게 드리워졌다. 이런 날씨 속에서는 어떤 일도 중요하게 느껴지지 않는다. 어쩌면 인생도 날씨와 비슷한 것일지 모른다. 모든 게 하찮아 보이는 무더운 날들을 견디다 보면, 언젠가 지친 이마 위로 조용히 내려앉는 누군가의 손길 같은 시원한 하루가 찾아오기를 기다리게 되는 법이다. 이 모든 걸 단 한마디로 설명하기는 어렵다. 하지만 분명히 말할 수 있는 게 하나 있다면, 바로 이 남부 조지아에는 그런 기운이 흐른다. 그것이야말로 이곳 사람들이 오래도록 견뎌 온 삶의 방식인지도 모른다. 그래서 얼마 뒤, 젤리빈은 잭슨가 어귀에 있는 어느 당구장으로 발길을 돌렸다. 그곳이라면, 누구나 알고 있는 오래된 농담을 함께 나눌 수 있는 누군가가 틀림없이 있을 테니까.

세계 문학 단편선

봄 볕 아 래 에 서

초판발행　　2025년 5월 12일

지은이　　　기 드 모파상, 오 헨리, 다자이 오사무, 시그리드 운세트, 수잔 글래스펠,

　　　　　　이디스 워튼, 버지니아 울프, 헤르만 헤세, F. 스콧 피츠제럴드

옮긴이　　　정회성, 손화수, 유영미, 이하영, 지선유

디자인　　　선우정

펴낸곳　　　다정한책

펴낸이　　　노현주

출판등록　　제2023-000131호

주소　　　　파주시 회동길 480 B-438

전화 031-948-5640 | 팩스 0502-263-1540

전자우편 booksloveyou@naver.com

ISBN 979-11-990979-1-9 03800